LE

JARDIN DE BÉRÉNICE

DU MÊME AUTEUR

---

* SOUS L'ŒIL DES BARBARES. 1 vol.
** UN HOMME LIBRE. 1 vol.
*** LE JARDIN DE BÉRÉNICE. 1 vol.
EXAMEN DE CES TROIS VOLUMES (*en préparation*).

HUIT JOURS CHEZ M. RENAN. 1 brochure in-32.

POUR PARAITRE PROCHAINEMENT :

TROIS VISITES D'IDÉOLOGIE. 1 brochure in-32.
LES EXERCICES SPIRITUELS D'IGNACE DE LOYOLA
avec une préface de MAURICE BARRÈS.

LE
JARDIN DE BÉRÉNICE

PAR

MAURICE BARRÈS

PARIS

LIBRAIRIE ACADÉMIQUE DIDIER

PERRIN ET Cⁱᵉ, LIBRAIRES-ÉDITEURS

35, QUAI DES GRANDS-AUGUSTINS, 35

—

1891

Il a été imprimé 25 exemplaires
numérotés sur papier de Hollande.

Quelques personnes ayant manifesté le désir de désigner par un nom particulier le personnage, jusqu'alors anonyme, de qui nous avons coutume de les entretenir, nous avons décidé de leur donner cette satisfaction, et désormais il se nommera Philippe.

C'est ici le commentaire des efforts que tenta Philippe pour concilier les pratiques de la vie intérieure avec les nécessités de la vie active. Il le rédigea, peu après une campagne électorale, afin d'éclairer divers lecteurs qui saisissent malaisément qu'un goût profond pour les opprimés est le développement logique du dégoût des Barbares et du « culte du Moi », et sur le désir de Mme X..., qui lui promit en échange de lui obtenir du Chef de l'État la concession d'un hippodrome suburbain.

LE

JARDIN DE BÉRÉNICE

CHAPITRE PREMIER
POSITION DE LA QUESTION

CONVERSATION QU'EURENT MM. RENAN ET CHINCHOLLE
SUR LE GÉNÉRAL BOULANGER, EN FÉVRIER 89,
DEVANT PHILIPPE.

Il est en nous des puissances qui ne se tradui-
sent pas en actes ; elles sont invisibles à nos amis
les plus attentifs, et de nous-mêmes mal connues. Elles font sur notre âme de petites taches,
cachées dans une ombre presque absolue, mais
insensiblement autour de ce noyau viennent se
cristalliser tout ce que la vie nous fournit de

Voir les notes à la fin du volume.

sentiments analogues. Ce sont des passions qui
se préparent ; elles éclateront au moindre choc
d'une occasion.

Une force s'était ainsi amassée en moi, dont je
ne connaissais que le malaise qu'elle y mettait.
Où la dépenserais-je ?... C'est toute la narration
qui va suivre.

_ Mais avant que je l'entame, je désire relater une
conversation où j'assistai et qui, sans se confondre
dans la trame de ce petit récit, aidera à en démê-
ler le fil.

En m'attardant là, je ne crois pas céder à un
souci trop minutieux ; les considérations qu'on
va entendre de deux personnes fort autorisées et
qui jugent la vie de points de vue très différents
m'ont suggéré l'occupation que je me suis
choisie pour cette période. Elles ont incliné mon
âme de telle sorte que des passions dormantes
qui s'y étaient amassées ont pu prendre leur
cours. N'est-ce pas en quelque manière M. Chincholle qui proposa un but à mon activité sans

emploi, et n'est-ce pas de la philosophie de M. Renan que je suis arrivé au point de vue qu'on trouve à la dernière page de cette monographie ?

Cette soirée, c'est le pont par où je pénétrai dans le jardin de Bérénice.

C'était peu de jours après la fameuse élection du général Boulanger à Paris, dont chacun s'entretenait. M. [Chincholle dînait en ville avec M. Renan et, comme il fait le plus grand cas du jugement de cet éminent professeur, il saisit l'occasion où celui-ci était embarrassé de sa tasse de café pour l'interroger sur le nouvel élu.

— Monsieur, répondit M. Renan, éludant avec une certaine adresse la question, mon regrettable ami, que vous eussiez certainement aimé, le très distingué Blaze de Bury, avait une idée particulière de ce qu'on nomme le génie. Il l'exposa un jour dans la Revue : « Certains hommes, écrivit-il, ont du génie comme les éléphants ont une trompe. » Cela est possible, mais au moins une trompe est-elle dans une physionomie bien plus facile à saisir que le signe du génie ; et quoique j'aie eu l'honneur de dîner en face du général Boulanger, je ne peux vous dire s'il est un homme de génie.

— Mon cher maître, répartit M. Chincholle, j'ai lieu de vous croire antiboulangiste.

— Que je sois boulangiste ou antiboulangiste! Les étranges hypothèses ! Croyez-vous que je puisse aussi hâtivement me faire des certitudes sur des passions qui sont en somme du domaine de l'histoire! Avez-vous feuilleté Sorel, Thureau-Dangin, mon éminent ami M. Taine? Au bas de chacune de leurs pages, il y a mille petites notes. Ah! l'histoire selon les méthodes récentes, que de sources à consulter, que de documents contra-dictoires ! Il faut rassembler tous les témoignages, puis en faire la critique. Cette besogne considé-rable, je ne l'ai pas entreprise; je ne me suis pas fait une idée claire et documentée du parti re-visionniste.... Les juifs, mon cher Monsieur, n'a-vaient pas le suffrage universel, qui donne à cha-cun une opinion, ni l'imprimerie, qui les re-cueille toutes. Et pourtant j'ai grand'peine à dé-

brouiller leurs querelles que j'étudie chaque matin,
depuis dix ans. M. Reinach lui-même voudrait-il
me détourner du monument que j'élève à ses
aïeux, et où je suis à peu près compétent, pour
que je collabore à sa politique, où j'apporterais
des scrupules dont il n'a cure ?

Et puis, aurais-je assez de mérite pour y convenir, je ne me sens pas l'abnégation d'être boulangiste ou antiboulangiste. C'est la foi qui me manquerait. Qu'un vénérable prêtre se fasse empaler
pour prouver aux Chinois qui l'épient la vérité du
rudiment catholique, il ne m'étonne qu'à demi ; il
est soutenu par sa grande connaissance du mar-
tyrologe romain : « Tant de pieux confesseurs,
se dit-il, depuis l'an 33 de J.-C., n'ont pas pu
souffrir des tourments si variés pour une cause
vaine. » Je fais mes réserves sur la logique de ce
saint homme (et volontiers, cher Monsieur, j'en
discuterai avec vous un de ces matins), mais enfin
elle est humaine. Je comprends le martyr d'aujourd'hui; l'étonnant c'est qu'il y ait eu un premier martyr? En voilà un qui a dû acquérir cette

gloire bon gré mal gré ! Si vous l'aviez interviewé à l'avance sur ses intentions, nul doute que vous n'eussiez démêlé en lui de graves hésitations.

— Je vous entends, dit M. Chincholle après quelques secondes, vous refusez une part active dans la lutte; mais ne pourriez-vous, mon cher maître, me préciser davantage le sentiment que vous avez de l'agitation dont le général Boulanger est le centre?

M. Renan leva les yeux et considéra Chincholle, puis lisant avec aisance jusqu'au fond de cette âme :

— Le sentiment que j'ai du Boulangisme, dit-il, c'est précisément, Monsieur, celui que vous en avez. En moi, comme en vous, Monsieur, il chatouille le sens précieux de la curiosité. La curiosité! c'est la source du monde, elle le crée continuellement; par elle naissent la science et l'amour... J'ai vu avec chagrin un petit livre pour les enfants où la curiosité était blâmée; peut-être connaissez-vous cet opuscule embelli de chromos,

cela s'appelle *Les Mésaventures de Touchatout...*
c'est le plus dangereux des libelles, véritable
pamphlet contre l'humanité supérieure. Mais telle
est la force d'une idée vraie que l'auteur de ce
coupable récit nous fait voir, à la dernière page,
Touchatout qui goûte du levain et s'envole par
la fenêtre paternelle ! Laissons rire le vulgaire.
Image exagérée, mais saisissante : Touchatout
plane par-dessus le monde. Touchatout, c'est
Gœthe, c'est Léonard de Vinci : c'est vous aussi,
Monsieur ! Avec quel intérêt je m'attache à chacun de vos beaux articles ! Le général et ses amis
vous ont distrait, ils ont éveillé dans votre esprit
quatre ou cinq grands problèmes de sociologie
(comment naît une légende, comment se cris-
tallise une nouvelle âme populaire), vous vous
êtes demandé, avec Hégel, si les balanciers de
l'histoire ne ramenaient pas périodiquement les
nations d'un point à un autre.

Et ces hautes questions, avec un art qui vous
est naturel, vous les rendez faciles, piquantes,
accessibles à des cochers de fiacre. C'est, dans

une certaine mesure, la méthode que j'ai tenté d'appliquer pour propager en France les idées de l'école de Tubingue.

Chincholle rougit légèrement et répondit en s'inclinant:

— Je suis heureux des éloges d'un homme comme vous, mon cher maître. Il est vrai, j'ai été curieux jusqu'à l'indiscrétion des moindres détails de ce tournoi, et je n'ai reculé de satisfaire aucune des curiosités que soulevait le principal champion, à qui sont acquises, on le sait, toutes mes sympathies. Mais il est un point où je me sépare, croyez-le, de mes amis. J'aime la modération, je réprouve les injures : la violence des polémiques parfois m'attrista.

— Je vous coupe, s'écria Renan; c'est les injures que je préfère dans le mouvement boulangiste ; je veux vous en exposer les raisons.

Oui, cher Monsieur, je pense peu de bien des jeunes gens qui n'entrent pas dans la vie l'injure à la bouche. Beaucoup nier à vingt ans, c'est signe de fécondité. Si la jeunesse de cette heure ap-

prouvait intégralement ce que ses aînés ont cons-
titué, ne reconnaîtrait-elle pas d'une façon impli-
cite que sa venue en ce monde fut inutile? Pourquoi vivre, s'il nous est interdit de composer des
républiques idéales? Et quand nous avons celles-
ci dans la tête, comment nous satisfaire de celle
où nous vivons? Rien de plus mauvais pour la
patrie que l'accord unanime sur ces questions
essentielles du gouvernement. C'est s'interdire
les améliorations, c'est ruiner l'avenir.

Sans doute il est difficile de comprendre sans
y avoir sérieusement réfléchi toute l'utilité des
injures. Mais prenons un exemple : nul doute
que M. Ferry ne soit enchanté qu'on le traîne
dans la boue. *Ça l'éclaire sur lui-même.* En effet,
il est bien évident qu'entre les louanges de ses
partisans et les épithètes des boulangistes la vérité est cernée. Peut-être, après les renseignements
que publient ses journaux sur le Tonkin, était-il
disposé à s'estimer trop haut, mais quand il lit les
articles de Rochefort, nul doute qu'il ne s'écrie :
« L'excellent penseur ! Si je me trompe sur moi-

même, il est dans le vrai. Les intérêts de la vérité sont gardés à pique et à carreau ! » Grande satisfaction pour un patriote !

J'ajoute que le lettré se consolerait malaisément d'être privé de nos polémiques actuelles où la logique est fortifiée d'une savate très particulière.

Ayant ainsi parlé, M. Renan se mit à tourner ses pouces en regardant Chincholle avec un profond intérêt.

Celui-ci, renversé en arrière, riait tout à son aise, et je vis bien qu'il se retenait avec peine de devenir familier.

— Mon cher maître, disait-il, cher maître, vous êtes un philosophe, un poète, oui, vraiment un poète.

— Me prendre pour un rêveur, pour un idéaliste emporté par la chimère ! ce serait mal me connaître. Ce ne sont pas seulement les intérêts supérieurs des groupes humains qui me convainquent de l'utilité des injures, j'ai pesé aussi le bonheur de l'individu, et je déclare que, pour un homme dans la force de l'âge, c'est un grand malheur de ne pas trouver un plus petit que soi à injurier.

Il est nécessaire qu'à mi-chemin de son développement le littérateur ou le politicien cesse de pourchasser son prédécesseur afin d'assommer le plus possible de ses successeurs. C'est ce qu'on appelle devenir un modéré, et cela convient tout à fait au midi de la vie. Cette transformation est indispensable dans la carrière d'un homme qui a le désir bien légitime de réussir. Le secret de ce continuel insuccès que nous voyons à beaucoup de politiciens et d'artistes éminents, c'est qu'ils n'ont pas compris cette nécessité. Ils ne furent jamais les réactionnaires de personne ; toute leur vie ils s'obstinèrent à marcher à l'avant-garde, comme ils le faisaient à vingt ans. C'est une grande folie qu'une folie aussi prolongée. Pour l'ordinaire un fou trouve à quarante ans un plus fou, grâce à qui il paraît raisonnable. C'est l'heureux cas où nos boulangistes mettent les révolutionnaires de la veille.

— Oui, soupira Chincholle, je vois bien les
avantages... pour le pays et même pour certains
antiboulangistes, mais... voilà! le général réussira-
t-il ?

— Je vous surprends dans des préoccupations
un peu mesquines. Que vous importe! s'il éveille
votre curiosité. Mais j'entre dans votre souci, après
tout explicable et très humain. Et je vous dis :

Si vous marchez avec la partie forte, avec
l'instinct du peuple, qu'avez-vous à craindre ?

Vous n'avez qu'à suivre les secousses de l'opinion, toujours la vérité en sort et le succès. Les
mouvements que fait instinctivement la femme
qui enfante sont précisément les mouvements les
plus sages et qui peuvent le mieux l'aider. Que
vous inquiétiez-vous tout à l'heure de savoir si le
général Boulanger a du génie ! L'essentiel, c'est de
ne pas contrarier l'enfantement et de laisser faire
l'instinct populaire.

Dans les loteries, on prend la main d'un enfant pour proclamer le hasard. Il n'y a pas de hasard, mais un ensemble de causes infiniment

nombreuses qui nous échappent et qui amènent
ces numéros variés qui sont les événements his-
toriques. Le long des siècles, les plus graves événements sont ainsi présentés à l'historien par des
mains qui vous feraient sourire, Chincholle.

Mais, tenez, pour achever de vous rassurer,
je vais vous dire un rêve que j'ai fait :

Par quelles circonstances avais-je été amené
à me rendre sur un hippodrome, cela est inutile
à vous raconter. Cette foule, cette passion me fa-
tiguèrent : je dormis d'un sommeil un peu fiévreux, j'eus des rêves et entre autres celui-ci :

J'étais cheval, un bon cheval de courses,
mais rien de plus : je n'arrivais jamais le premier. Cependant je me résignais; et pour me consoler je me disais : Tout de même, je ferai un
bon étalon !

C'est un rêve qui s'applique excellemment
au général Boulanger.

— Mais, dit Chincholle un peu déçu, le général
est vieux.

— Chincholle, vous prenez les choses trop à

la lettre ; j'ai déjà remarqué cette tendance de votre esprit. Je veux dire qu'à Boulanger non vainqueur en dépit de ses excellentes performances succédera Boulanger II, je veux dire que jamais une force ne se perd, simplement elle se transforme.

Si vous voulez bien un peu réfléchir là-dessus, ça vous épargnera dans la suite de trop violentes désillusions.

— Si je vous ai bien suivi, résuma Chincholle qui avait pris des notes, vous refusez de prendre position dans l'un ou l'autre parti, mais vous estimez que, pour le pays, et même pour ceux qui se mêlent à la lutte, il y a tout avantage dans ces recherches contradictoires, fussent-elles les plus violentes du monde. Vous croyez aussi qu'aucune force ne se perd, et que l'effort du peuple, quoique sa direction soit assez incertaine, aboutira. A qui sera-t-il donné de représenter ces aspirations ? voilà tout le problème tel que vous le limitez.

Eh bien ! mon cher maître, pourquoi, vous-

2

même ne collaborez-vous pas à cette tâche de donner un sens au mouvement populaire, de l'interpréter comme vous dites, ou encore de lui donner les formes qu'il vivifierait? Pourquoi à des ambitieux inférieurs laisser d'aussi nobles soins?

— Mes raisons sont nombreuses, répondit M. Renan visiblement fatigué, mais je n'ai pas à vous les détailler, une seule suffira : mon hygiène s'oppose à ce que je désire voir modifier avant que je meure la forme de nos institutions.

CHAPITRE DEUXIÈME

PHILIPPE RETROUVE A ARLES BÉRÉNICE, DITE PETITE-SECOUSSE

La conversation de ces messieurs m'éclaira brusquement sur mon besoin d'activité et sur les moyens d'y satisfaire.

Ayant fait les démarches convenables et discuté avec les personnes qui savent le mieux la géographie, c'est la circonscription d'Arles que je choisis.

Le lendemain de mon arrivée dans cette ville, comme je dînais seul à l'hôtel, une jeune femme entra, vêtue de deuil, d'une figure délicate et voluptueuse, qui, très entou-

rée par les garçons, alla s'asseoir à une petite table. Tandis qu'elle mangeait des olives
d'un air rêveur avec les façons presque d'une
enfant : « Quel gracieux mécanisme, ces
êtres-là ! me disais-je, et qu'un de leurs
gestes aisés renferme plus d'émotion que les
meilleures strophes des lyriques ! »

Puis soudain, nos yeux s'étant rencontrés :

— Tiens, m'écriai-je, Petite-Secousse !

J'allai à elle. Elle me donna joyeusement
ses deux mains.

— Mon vieil ami !

Mais aussitôt, songeant que ce mot de
vieil ami pouvait m'offenser, avec sa délicatesse de jeune fille qui a été élevée par des
vieillards, elle ajouta :

— Vous n'avez pas changé.

Elle m'expliqua qu'elle habitait Aigues-

Mortes, à trois heures d'Arles où elle venait de temps à autre pour des emplettes.

— Mais vous-même? me dit-elle.

J'eus une minute d'hésitation pour me faire entendre d'elle, qui lit peu les journaux. Puis je répondis, me mettant à sa portée :

— Je viens, parce que je suis contre les abus.

Quand elle eut compris, elle me dit, un peu effrayée :

— Mais vous ne craignez pas de vous faire destituer?

Voilà bien la femme, me disais-je; elle a le sentiment de la force et voudrait que chacun se courbât. Il m'appartient d'avoir plus de bravoure civique.

— D'ailleurs, ajoutai-je, je n'ai pas de position.

Je vis bien qu'elle s'appliquait à ne pas m'en montrer de froideur.

— Je vous disais cela, reprit-elle, parce que M. Charles Martin, l'ingénieur, ne peut pas protester, quoiqu'il reconnaisse bien qu'on me fait des abus : ses chefs le casseraient.

— Charles Martin! m'écriai-je, mais c'est mon adversaire!

Et je lui expliquai qu'étant allé dès mon arrivée au comité républicain, j'avais été traité tout à la fois de radical et de réactionnaire par Charles Martin, qui s'était échauffé jusqu'à brandir une chaise au-dessus de ma tête en s'écriant : « Moi, Monsieur, je suis un républicain modéré! »

— Vous m'étonnez, me répondit-elle, car c'est un garçon bien élevé.

Nous échangeâmes ainsi divers propos, peu significatifs, jusqu'à l'heure de son train, mais quand je la mis en voiture, elle me rappela soudain la petite fille d'autrefois, car dans la nuit, elle m'embrassa en pleurant : « Promets-moi de venir à Aigues-Mortes, disait-elle tout bas. Je te raconterai comme j'ai eu des tristesses. »

CHAPITRE TROISIÈME

HISTOIRE DE BÉRÉNICE. — COMMENT PHILIPPE CONNUT

PETITE-SECOUSSE

Il n'est pas un détail de la biographie de
Bérénice. — Petite-Secousse, comme on l'appelait à l'Eden — qui ne soit choquant; je
n'en garde pourtant que des sensations très
fines. Cette petite libertine, entrevue à une
époque fort maussade de ma vie, m'a laissé
une image tendre et élégante que j'ai serrée
de côté, comme jadis ces œufs de Pâques
dont les couleurs m'émouvaient si fortement
que je ne voulais pas les manger.

Je l'ai connue, avais-je dix-neuf ans? à la

suite d'une longue discussion sur l'ironie, ennemie de l'amour et même de la sensualité : « Les femmes, me disait un aimable homme, qui dans la suite devint gaga, les femmes sont maladroites. Parce qu'il arrive souvent qu'elles ont les yeux jolis, elles négligent de les fermer quand cela conviendrait, elles voient des choses qui les font sourire ; aussi, malgré la rage qu'elles ont d'être nos maîtresses, ne peuvent-elles se décider à le demeurer. » L'amour, dans son opinion, est l'effort de deux âmes pour se compléter, effort entravé par l'existence de nos corps qu'il faut le plus possible oublier. Mais cette conception des choses sentimentales, délicate en son principe, le menait un peu loin. Elle le menait à Londres tous les mois, par amour des petites filles : « Seules, disait-il, elles font voir intacte la part de soumission que la nature a mise dans la femme et que gâtent les premiers succès mondains. » Et suivant son idée, vers les minuit, il me conduisit à la sortie de l'Éden, où figuraient alors dans un ballet des centaines d'enfants écaillés d'or, se balançant autour d'une danseuse lascive.

Je lui faisais la critique de son système, quand soudain, sur la rue Boudreau, s'ouvrit une porte d'où se déploya en éventail un troupeau de petites filles fanées. Elles sautaient à cloche-pied et criaient comme à la sortie de l'école, pouvant avoir de six à douze ans. Sur le trottoir en face, mal éclairé, nous étions des vieux messieurs, des mamans, mon ami et moi, une vingtaine de personnes mornes. Une fillette nous aper-

çut enfin et courut au peintre avec une vivacité affectueuse. Lui la prenant doucement
par la main : « Ma petite amie Bérénice, » me
dit-il. Elle s'était fait soudain une petite
figure de bois où vivaient seuls de beaux
yeux observateurs. Elle nous quitta pour
embrasser une grande jeune femme, sa sœur
aînée, d'attitude maladive et honnête, à qui
mon compagnon me présenta.

Cette scène m'emplit d'un flot subit de pitié. Tous quatre nous remontions la rue
Auber ; je tenais Bérénice par la main, et
j'étais très occupé à préserver ce petit être
des passants. Je ne cherchais pas à lui parler,
seulement j'avais dans l'esprit ce que dit
Shakespeare de Cléopâtre : « Je l'ai vue
sauter quarante pas à cloche-pied ; ayant
perdu haleine, elle voulut parler et s'arrêta

palpitante, si gracieuse qu'elle faisait d'une défaillance une beauté. »

Ce privilège divin, faire d'une défaillance une beauté, c'est toute la raison de la place secrète que près de mon cœur je garde, après dix ans, à l'enfant Bérénice. Elle eut plus de défaillances qu'aucune personne de son âge, mais elle y mit toujours des gestes tendres, et sur cette petite main, après tant de choses affreuses, je ne puis voir de péché.

Quand nous fûmes assis à la terrasse d'un mauvais café de la rue Saint-Lazare, mon compagnon félicita la sœur aînée de la tenue de Bérénice. Elle en parut heureuse, et répondit avec cette résignation qui m'avait d'abord frappé :

— Je fais ce que je puis pour la bien tenir; notre vie est difficile. Petite-Secousse a des dépenses au-dessus de son âge, dès dépenses de grande fille.

La grande fille, qui mangeait des tartes avec une vive satisfaction, s'interrompit pour compter sur ses doigts :

— Je gagne à l'Éden douze sous par jour ; j'ai pour ma première communion dix sous par semaine de M. le curé ; et il y a M. Prudent qui donne dix louis par mois.

— C'est vrai, répondit la sœur, mais à l'Éden il y a les amendes ; pour la première communion, il faudra un cierge et des toilettes pour nous deux, et puis il faut des cigares à M. Prudent.

Mon compagnon se divertissait infiniment ; M. Prudent surtout le ravit.

L'enfant, à qui il faisait voir un écu, le saisit des deux mains avec une furie de joie ;

puis son visage reprit cette froideur sous laquelle je devinais une folle puissance de sentir. Masque entêté de jeune reine aux cheveux plats ! Jamais on ne vit d'yeux si graves et ainsi faits pour distinguer ce qui perle d'amertume à la racine de tous sentiments.

Oh ! celle-là n'avait pas le tendre sourire des enfants sensibles qui pleurent si on ne sourit pas quand ils sourient. Et pourtant je sais bien qu'elle eût aimé avec passion une mère élégante et jeune et à qui le monde eût prodigué ses succès. Avec leur fierté, les petits êtres de cette sorte peuvent aimer seulement ceux qui émeuvent leur imagination. Ils vont des princes de ce monde aux pires réfractaires. Non admises à être la maîtresse adulante d'un roi, de telles filles sont des révoltées dont l'âcreté et la beauté piétinée

serrent le cœur. Bérénice fut particulière en
ceci que, pour charmer son imagination, il
suffit du plus banal des romanesques, du
romanesque de la mort. Pour l'heure, elle
était une petite cigale, pas encore bruyante,
si sèche, si frêle que j'en avais tout à la
fois de la pitié et du malaise. Tous trois
maintenant, sans parler, avec des sentiments
divers où dominait l'incertitude, nous la re-
gardions, comme font trois amateurs autour
de la chrysalide où se débat ils ne savent
quel papillon.

Mon ami, qui habitait Asnières et que pres-
sait l'heure de son train, me demanda de
reconduire nos singulières compagnes. Son
sourire me froissa, je n'avais plus que mauvaise humeur d'être mêlé à une aventure de
cet ordre. Je comptais bien ne pas m'y attarder

cinq minutes ! et par la suite je lui ai dû de prendre conscience de deux ou trois sentiments qui jusqu'alors avaient sommeillé en moi.

Dans la voiture, la petite fille s'assit entre sa sœur et moi, et comme c'était tout de même une enfant de dix ans, elle nous prit la main à tous deux. Sur mes questions, elle me raconta d'un ton très doux le détail et la fatigue de ses journées de petite danseuse, en appelant ses camarades par leurs noms et avec des mots d'argot qui me rendaient assez gauche. Elle n'était à Paris que depuis quelques mois et avait été élevée dans le Languedoc, à Joigné.

— Ah! m'écriai-je, comme parlant à moi-même, le beau musée qu'on y trouve !

— Vous l'aimez? demanda Bérénice en

me serrant de sa petite main chaude.

Je lui dis y avoir passé des heures excellentes et leur en donnai des détails.

— Notre père était gardien de ce musée, me dit la grande sœur ; c'est là que Bérénice se plaisait ; elle pleure chaque fois qu'elle y pense.

— Et pourquoi pleurez-vous, petite fille ?

Elle ne me répondit pas, et détourna les yeux.

— Il n'y venait jamais personne, reprit la grande sœur, les tapisseries, les tableaux étaient si vieux. Si vous nous connaissiez depuis plus longtemps, je croirais que vous parlez de Joigné pour faire plaisir à Bérénice.

Nous étions arrivés chez elles, là-bas, sur ce flanc de la butte Montmartre qui domine la banlieue. Je pris dans mes bras cette petite fille maigre pour la descendre de voiture, et déjà la légère curiosité qu'elle m'avait inspirée se faisait plus tendre, à cause de notre passion commune pour ce musée de Joigné, ce musée du roi René, d'un charme délicat et misérable, comme la petite bouche si fine et à peine rose de cette enfant aux cheveux nattés.

CHAPITRE QUATRIÈME

HISTOIRE DE BÉRÉNICE (suite). — LE MUSÉE DU
ROI RENÉ

C'est un art très étroit, mais c'est de l'art
qu'on trouve au « Musée du roi René », et
ses trois salles du quinzième siècle présen-
tent même une des étapes les plus touchantes de notre race.

La plupart des hommes n'y voient que des
beautés mortes et presque de l'archéologie,
mais quelques-uns, d'âme mal éveillée, at-
tendris de souvenirs confus, n'admettent pas
qu'on dénoue si vite les liens de la vie et
de la beauté. Cet art franco-flamand qui, au

quatorzième siècle, fut la fleur du luxe et de
la grâce, ne leur est pas seulement un ren-
seignement, il les émeut.

Peut-être ces bibelots, du temps qu'ils
étaient d'usage familier, leur eussent paru
vulgaires, mais le silence et la froideur des
musées, qui glacent les gens sans imagination, disposent quelques autres à la plus fine
mélancolie.

Cette collection a été formée par une façon de patriote qui consacra la première
partie de sa vie à envisager le français et le
latin comme deux langues sœurs sorties du
gaulois, et il s'indignait, dans des revues
départementales, de la manie qu'on a de dé-
river nos mots de vocables latins. Par un
raisonnement analogue, il affirmait que le
réveil artistique, dit Renaissance, s'était ma-

nifesté dans un même frisson, à la même heure, sur toute l'Europe ; et il démontra avec passion que l'influence italienne n'avait été qu'une greffe néfaste, posée sur notre art français, à l'instant où celui-ci, d'une merveilleuse vigueur, allait épanouir sa pleine originalité. Et comme, à l'appui de sa première manie, il avait publié une liste de mots français, tout indépendants du latin et d'évidente origine celtique, pour édifier sur les qualités autochtones de la première renaissance française, il réunit des panneaux, des miniatures et des orfèvreries des douzième et treizième siècles, qui ne trahissent rien d'italien.

Ses curiosités désintéressées le servirent. Il correspondait avec les curés pour obtenir d'eux des vocabulaires de patois locaux, il visitait les plus misérables masures pour y dénicher des choses d'art, aussi devint-il populaire près de l'un et l'autre parti. L'ardent patriotisme de ses monographies du Languedoc et de la Provence le dispensèrent de profession de foi, en sorte que par la suite il parvint au Sénat.

Dans sa gratitude, il offrit au département sa collection qui en grossissant l'accablait, et qu'on installa sous le nom de *Musée du roi René* dans une propriété de l'État, au château de Joigné, bâti jadis par le roi René. Il y fit placer comme gardien le mari d'une jeune femme qu'il aimait et qui avait pour fille la toute petite Bérénice.

Et c'est ainsi que l'enfant grandissante alimenta ses premiers appétits dans un cycle de choses, mortes pour l'ordinaire des hommes.

La vaste pièce qu'occupait le musée dans cette lourde et humide construction était chauffée pendant l'hiver et toujours fraîche au plus fort de l'été.

La petite fille y passa de longues après-midi, seule parmi ces beautés finissantes qu'elle vivifiait de sa jeune énergie et qui lui composaient une âme chimérique.

Les murs de cette salle étaient recouverts d'une tapisserie de haute lice, connue sous le nom de chambre aux petits enfants, toute semée de grands herbages, de petits enfants et de rosiers à roses, parmi lesquels plusieurs dames à devises faisaient personnages d'Honneur, de Noblesse, de Désintéressement et de Simplicité.

Honneur était si fort mangé des vers que
Bérénice ne put savoir au juste ce que c'é-
tait ; de *Noblesse*, elle distingua simplement
la belle parure ; mais *Désintéressement* et
Simplicité lui sourirent bien souvent, tandis
qu'elle les contemplait, haussée sur la pointe
des pieds, pour mieux les voir et pour ne
pas effaroucher le silence qui est une part de
leur beauté. Peut-être quelquefois l'enfant
les déchira-t-elle légèrement du bout des
doigts, énervée par les longs mistrals, tandis que le petit village sonnait chaque heure
avec une précision si inutile au milieu de ce
désert. Mais toute sa vie elle n'aima rien
tant que ces dames de *Désintéressement* et
de *Simplicité*, doux visages qui évoquaient
pour elle les résignations de la solitude.

La richesse de ce musée est une abondante collection de panneaux peints, mi-gothiques, mi-flamands, traités les uns avec la finesse et la monotonie de la miniature, les autres dans la manière des vitraux. A qui les attribuer ? Voilà une question d'esprit tout moderne et que nos aïeux ne se posaient pas plus que ne fit Bérénice. Elle étudiait là les figures des choses et leurs rapports entre elles.

La peinture, en effet, pour les êtres primitifs, est un enseignement. Ces panneaux ne sont pas l'expression d'un rêve particulier, mais la description de l'univers tel qu'il apparaissait aux meilleurs esprits du quinzième siècle. Ce sont, rassemblées dans le plus petit espace et infiniment simplifiées, toutes les connaissances qu'un esprit très orné de cette époque pouvait avoir plaisir à trouver

sous ses yeux. Aussi un tableau avait-il du
succès, il était copié indéfiniment, comme
on reproduit un beau livre. C'est ce qui explique que, dans ce musée du roi René, nous
retrouvions à peine modifiés des tableaux
d'Avignon, de Villeneuve-les-Avignon, d'Aix,
etc., et de tous ces villages de Provence.

Ces tableaux, pas plus que les chansons
de gestes ou les rapsodies, ne peuvent être
dégagés de la manière générale du cycle
dont ils font partie. Mais quelle abondance
de détails des esprits reprenant sans trêve un
même thème pour l'améliorer ne parvenaient-
ils pas à rassembler dans leurs panneaux !

Bérénice y trouva des notions d'astrono-
mie et de géographie, et tout son catéchisme,
puis de petites anecdotes qui l'amusaient, et
enfin des bonshommes agenouillés, les por-

traits du donateur, qui lui indiquèrent nettement quelle attitude sérieuse et sans éton-
nement il convient d'apporter à la contemplation de l'univers.

La suite de sa vie me donne lieu de croire
qu'elle profita surtout devant *la Pluie de
Sang :* c'est Jésus entre deux saintes femmes, dont Marie l'Égyptienne, personne maigre qui, vêtue de ses cheveux comme d'une
gaîne, est tout à fait délicieuse. Véritable
« fontaine de vie », le pauvre Jésus dégoutte
d'un sang qu'elles recueillent, et il s'épuise
pour les deux belles dévotes. Cette image
désolante parut à l'enfant une représentation
exacte de l'amour suprême qui est, en effet,
de se donner tout, se réduire à rien pour un
autre. Plus tard, ne l'ai-je pas vue qui se

conformait, jusqu'à mourir de langueur amoureuse, à cette éducation par les yeux?

D'autres tableaux étaient plus sévères pour l'imagination d'une fille. Travaux de miniaturiste agrandis, du genre qu'on voit à Aix. Le *Buisson Ardent*, par exemple : dans le panneau du milieu, la Vierge accroupie tient sur son giron Jésus tout nu, et ce petit Jésus s'amuse d'une médaille représentant sa mère et lui-même ; au-dessous d'eux, dans une campagne faite de prairies, de rivières et de châteaux, flamboie un buisson emblématique de chênes verts qu'entrelacent des lierres, des liserons, des églantiers, et plus bas encore, Moïse se déchausse sous les yeux d'un ange, tandis qu'un chien garde des moutons et des chèvres. Ces beaux sujets sont largement encadrés par une suite de figures peintes en camaïeu, entre lesquelles l'enfant distinguait un ange qui sonne du cor et qui, le pieu à la main, poursuit une licorne réfugiée dans le giron d'une vierge.

Tout cela lui parut incompréhensible, mais nullement désordonné.

Il était dans le tempérament de ce petit être sensible et résigné de considérer l'univers comme un immense rébus. Rien n'est plus judicieux, et seuls les esprits qu'absorbent de médiocres préoccupations cessent de rechercher le sens de ce vaste spectacle. A combien d'interprétations étranges et émouvantes la nature ne se prête-t-elle pas, elle qui sait à ses pires duretés donner les molles courbes de la beauté !

Quand, de son musée, Bérénice, orpheline, vint à Paris pour être ballerine à l'Éden,

elle ne s'étonna pas un instant, car l'ordon-
nance des tableaux où elle figura autour des
déesses d'opérette lui rappelait assez les com-
positions du roi René. Elle trouva naturel
d'y participer, ayant pris, comme tous les
enfants, l'habitude de se reconnaître dans
quelques-unes des figures de ces vieux panneaux. Elle accepta l'autorité du maître de
danse, comme les simples se soumettent aux
forces de la nature. C'est un instinct commun
à toutes les jeunes civilisations, à toutes les
créatures naissantes, et fortifié en Bérénice
par les panneaux religieux du roi René, de
croire qu'une intelligence supérieure, géné-
ralement un homme âgé, ordonne le monde.

Son acceptation, d'ailleurs, avait toute
l'aisance des choses naturelles, sans le
moindre servilisme. Ce sentiment avait été

développé en elle par l'image familière et bonhomme que la légende lui donnait du roi René, fondateur du château, et patron de cet art. Elle savait mille anecdotes où ce prince accueille avec bonté les humbles. L'imagination qu'elle se fit de ce personnage contribua pour une bonne part à lui former cette petite âme qui n'eut jamais de platitude. Bérénice considérait qu'il est de puissants seigneurs à qui l'on ne peut rien refuser, mais elle ne perdit jamais le sentiment de ce qu'elle valait elle-même. Excellente éducation ! qui eût fait d'elle la maîtresse déférente mais non intimidée d'un prince et qui lui eût laissé tous ses moyens pour donner du plaisir. Qualité trop rare !

En vérité, ce musée était merveilleusement fait pour encadrer cette petite fille, qui en

4

devint visiblement l'âme projetée : d'imagination trop ingénieuse et trop subtile,
comme les vieux fonds de complications go-
thiques de ces tableaux ; de sens bien
vivant, comme ces essais de paysages et de
copies de la nature où la Renaissance apparaît dans ces œuvres du quatorzième siècle.

Cette petite femme traduisait immédiatement en émotions sentimentales toutes les
choses d'art qui s'y prêtaient. Les grandes
tapisseries de Flandre et les peintures d'Avignon formèrent sa conscience ; les orfèvres
de Limoges, les chaudronniers de Dinan lui
faisaient une maison parée, où elle vécut
sans camarade et apprit les rêveries tendres,
qui sont choses exquises dans un décor élégant.

Il y avait dans une vitrine une dentelle

précieuse pour sa beauté ; et l'enfant, qui se distrayait à suivre les visiteurs et à écouter les explications que leur donnait son père, avait observé que les messieurs souriaient et que les jeunes femmes, rougissant un peu, se penchaient sur cette claire vitrine avec plus d'intérêt que sur aucun autre numéro du catalogue. Cette dentelle avait été offerte par le roi charmant, le Louis XV des premières années, à l'une de ces maîtresses d'un soir qu'on avait soin de lui présenter à chaque relai, afin qu'il pût se rendre compte des ressources variées et délicieuses du royaume. Ce gage, qu'avaient peut-être trempé les pleurs de la mélancolique délaissée, était gardé dans sa famille, une des premières du Languedoc, et transmis précieusement à celle qui épousait le fils aîné de la maison.

Quand la mort eut dissipé la dernière goutte de ce sang honoré par les rois, la légère dentelle fut recueillie dans le musée ; les érudits méprisaient fort cet anachronisme, mais Bérénice, le nez écrasé contre la vitre, souvent rêva d'un prince René, très jeune et revenant des pays du soleil avec des voitures pleines d'un art joyeux. Les petites filles bien nées rêvent toutes confusément d'une renaissance italienne ; c'est l'état d'âme de notre race au quinzième siècle, un peu seule et desséchée, aspirant au baiser sensuel de l'Italie.

J'ai des doigts bien lourds pour vous indiquer dans les sourires et les plis délicats du visage de Bérénice tout ce qu'y marquèrent ces vieilles œuvres. Ne croyez pas du moins qu'elle fût triste. Comme ceux de son âge, elle avait des jouets, mais par économie on les lui choisissait dans les vitrines.

Son album d'images, c'était la reproduction photographique d'un livre qu'à leur retour d'Italie portaient avec eux, comme galante mémoire, les compagnons de Charles VIII, car y étaient dépeintes, sous divers costumes et à l'état naturel, beaucoup de femmes violées par ces seigneurs.

Elle adopta comme poupée une petite image de Notre-Dame en or, qui s'ouvrait par le ventre et où l'on voyait la Trinité. Tous ses jeux étaient ennoblis.

C'est ainsi encore qu'une des distractions de la famille naissait d'un précieux ex-voto dédié à sainte Luce à qui, comme on le sait,

les païens arrachèrent les yeux, et cette re-
lique était un merveilleux vase avec des yeux
peints au fond; ce qui pour le père, bonhomme
un peu lourd, pour la mère, jeune femme
vive et rieuse, et pour la jeune Bérénice,
elle-même, était un inépuisable sujet de joie.

Ainsi les choses lui faisaient une âme sensible et élégante ; le danger était qu'elle
s'enfermât dans la vie intérieure, qu'elle ne
soupçonnât pas la vie de relations.

En cela son éducation fut excellemment
complétée par le compagnon ordinaire de
ses jeux, un singe, que sa mère avait obtenu
pour un long baiser d'un matelot à peine dé-
barqué à Port-Vendres. Et ce singe, en même
temps qu'il lui apprit l'art de figurer les passions, lui vivifiait l'univers, jusqu'alors pour
elle un peu morne.

Mais le mot essentiel sur la vie, la formule d'action, réduite à ce qu'en peut fournir une petite rêveuse de grande indigence intellectuelle, lui fut dit sous la galerie en demi-cloître du château.

Dans cette cour pleine de pierres tombales, de sculptures mutilées, de verdures et des herbes violentes du Languedoc, elle vit un débris gothique dont l'énergique symbolisme, ironie et vérité trop crues, la frappa singulièrement : c'était un monstre qui d'une main se mettait une pomme dans la bouche et de l'autre, avec un doigt délicat, désignait le bas de son échine.

Cette attitude si simple et nullement équivoque fut un enseignement pour cette petite fille. Le cynique professeur lui fit voir qu'il y a une corrélation entre la nécessité de vi-

vre et le geste de la sensualité. De ce sphinx-
gargouille elle reçut le tour d'esprit qui lui
fit accepter toute sa vie les familiarités des
vieillards.

Ainsi l'enfant grandit durant dix années,
jusqu'à la mort des siens ; et chaque saison,
elle faisait mieux voir les vertus que ce musée déposait en elle. Elle ressentait tous les
mouvements de ce passé compliqué, ardent
et jeune, auquel elle avait laissé prendre
son cœur.

Mais si cette vapeur de mort qui se dégage
des objets ayant perdu leur utilité éludait du
cœur de Bérénice toute parcelle de mesquin
et de bas, peut-être à trop pénétrer cette petite fille la rendait-elle maladroite à supporter la vie. Une âme embrumée dans un corps

infiniment sensible, telle était celle que nour-
rissait ce tombeau orné. Son masque entêté
offrait de grandes analogies avec le petit
buste du musée d'Arles que la légende prétend être ce mélancolique Marcellus de Virgile, qui ne put vivre. Quand elle descendait
dans l'appartement des siens, une façon de
loge de concierge, elle s'y sentait étrangère
et comme une petite exilée. Virgile, s'il est
vrai qu'il pleura sur la pauvre race italiote
trop attachée au passé, incapable de supporter sans gémir les temps nouveaux, eût été
entraîné vers cette fille qui, pour se prépa-
rer à la dure vie des dédaignées, ne savait que
s'envelopper de la part originelle de sa race.

Parfois, à la fraîcheur du soir, après ces
journées du midi si grossières de sensualité,
sa mère, jeune femme distraite et toute à se

désoler de son vieux mari, la préparait pour sortir. Dans l'armoire à glace, fortement parfumée des herbes du Languedoc, le soleil couchant envoyait quelques rayons, et sa mère, pour la coiffer, en tirait un petit chapeau de velours rouge, qui emplissait l'enfant passionnée du sentiment de la beauté et brisait ses nerfs d'une douceur délicieuse, dont l'ébranlement retentit jusqu'en sa chère agonie. Mais elle se contraignait jusqu'à ce qu'elle fût sur la route, où sa mère s'écartait pour rire avec des jeunes gens. Alors, dans l'obscurité descendue, elle sanglotait, comprenant confusément que la vie des êtres sensibles est chose somptueuse et triste.

O ma chère Bérénice, combien vous êtes près de mon cœur...!

CHAPITRE CINQUIÈME

BÉRÉNICE A AIGUES-MORTES. LES AMOURS DE PETITE-
SECOUSSE ET DE FRANÇOIS DE TRANSE

J'étais à Arles depuis quelques jours, et cependant que j'en visitais les mélancoliques beautés, je m'étais mis en relation avec les esprits les plus généreux de l'arrondissement, avec ceux qui sont impatients de toute modification et avec ceux qu'on avait mécontentés. Nous causâmes ensemble des injures subies par la patrie, tant à l'intérieur qu'à l'extérieur, et de politiques nos relations devinrent presque cordiales.

Au milieu de ces délicates démarches, c'est

Bérénice qui me remplissait. Arles, où rien
n'est vulgaire, me parlait de l'enfant du musée
du roi René. Ses arènes et ses temples dévas-
tés manifestent que les hommes sont des flé-
trisseurs ; or si j'ai tant aimé ma petite amie,
c'est qu'elle était pour moi une chose d'a-
mertume. Mon inclination ne sera jamais
sincère qu'envers ceux de qui la beauté fut
humiliée : souvenirs décriés, enfants frois-
sées, sentiments offensés. Saint-Trophime,
humide et écrasé, dit une louange irrésistible à la solitude et s'offre comme un refuge contre la vie. J'y retrouve le sentiment
exact qui m'emplissait jadis, quand, m'échap-
pant de mes dures besognes ou d'études
abstraites, je courais, fort tard dans la soirée,
à mes étranges rendez-vous avec Petite-Secousse ; ce n'était, comme on pense, ni amour,

ni amitié ; dans cette trop forte vie parisienne qui créait en moi la volonté mais laissait en détresse des parts de ma jeunesse, c'était un besoin extrême de douceur et de pleurs.

Ainsi rêvant à l'enfant pitoyable et fine qui est devenue une fille éclatante, je me promène sous le cloître. Des colombes roucoulent sur son bas toit de tuiles, les écoliers énervés tapagent dans la ruelle, et pourtant c'est la paix où mon rêve est à l'aise. Arles, visitée tant d'hivers, toujours me fut une cité de vie intérieure. Chevaux qui riez avec un entrain mystérieux dans l'*Adoration des rois* de Finsonius, — petite vierge de quinze ans, grave et délicate, avec vos yeux à nous faire mourir, qui présidez un *Conseil provincial* de jolis hommes vêtus avec un soin extrême et une brillante diversité de chapes d'or, d'ar-

gent, de pourpre et de noir tombant sur de
longues robes blanches, — et vous surtout,
ma très chère reine de Saba, de la seconde
travée de la galerie est du cloître, vous qui
existez à peine, mais que je maintiens dans
mon imagination, — l'âme que je vous apporte, si différents que soient les gestes où
elle se témoigne, n'a pas varié. Les petites
intrigues auxquelles je semble participer
ne me pénètrent que pour se modifier har-
monieusement en moi; elles sont les conditions dédaignables du culte nouveau que je
vous rends.

Aux Alyscamps, un de ces soirs, mes
années écoulées me parurent pareilles à ces
sarcophages vides qui bordent, sous des
platanes, cette mélancolique avenue. Mes
années sont des tombeaux où je n'ai rien

couché de ce que j'aimais ; je n'ai abandonné aucune des belles images que j'ai créées, et Bérénice, qui me fut l'une des plus chères, est ressuscitée...

Au musée, devant les deux danseuses mutilées qu'on y voit, je m'arrêtai : Pauvres petites dames qui avez tant allumé les désirs des hommes, vous êtes aujourd'hui mutilées ! L'une a un pied nu qui appelle le baiser, un sein dévêtu, des draperies flottantes qui sont délicieuses. Mais sa jambe, qu'elle projetait dans un geste charmant, a été brisée ; les barbares n'ont pas épargné ces fleurs légères. Et soudain mon désir devint irrésistible de savoir ce qu'ils avaient fait de Bérénice.

Aigues-Mortes ! consonnance d'une désolation incomparable ! Dans le train si lent à
traverser la Camargue, je m'imagine ces
mornes remparts qui depuis sept siècles sub-
sistent intacts. J'évoque ces mystérieux Sar-
rasins, ces légers Barbaresques qui pillaient
ces côtes et fuyaient, insaisis même par l'histoire. Aigues-Mortes, le vieux guerrier qu'ils
assaillaient sans trêve, est toujours à son
poste, étendu sur la plaine, comme un
chevalier, les armes à la main, est figé en
pierre sur son tombeau.

Sur ce plat désert de mélancolie où rè-
gnent les ibis roses et les fièvres paludéennes,
parmi ces duretés et ces sublimités prévues

par mon imagination, la belle petite fille vers qui j'allais m'excitait infiniment.

Quand je descendis de la gare, déjà les grenouilles avaient commencé leur coassement; il n'était pas encore cinq heures, mais cette plaine immense, toute rayée de petits canaux, est leur fiévreux royaume. Une jeune fille à qui je demandais la villa de Rosemonde s'offrit à me conduire; nous contournâmes les hautes murailles, puis quittant l'ombre de la ville, muette et dure dans sa haute enceinte crénelée, nous nous engageâmes sur une chaussée étroite entre deux eaux stagnantes. C'est à quelque cent mètres, sur un terre-plein, que je trouvai la pâle maison de Bérénice, faisant face au soleil couchant. Cinq à six arbres l'entouraient, les seuls

5

qu'on aperçût dans cette vaste étendue où cette soirée d'hiver mettait une transparence de pleine mer. A l'entrée de son grêle jardin, ma chère Bérénice m'attendait, et je ne verrai de ma vie un geste plus gracieux que celui de son premier accueil.

Cette année, la mode était des couleurs jaunes, vieux rose, violet évêque, scabieuse et vert d'eau ; elle portait une robe exquise de l'un de ces tons, et le paysage, avec ces étrangetés de l'hiver méridional, faisait voir des couleurs identiques ou complémentaires.

Cette pâle maison de Rosemonde, rosée à cette heure d'un étrange soleil couchant, me séduisit dès l'abord par l'inattendu d'une installation sobre et froide d'Angleterre, au lieu du taudis méridional que je redoutais.

Petite-Secousse faisait là aussi étrange figure qu'une brillante perruche des îles dans une cage de noyer ciré. Je crus y sentir une maison d'amour, glacée par l'absence d'amour; mais la petite main brûlante qu'elle me tendit plusieurs fois pour me témoigner son contentement de me revoir me donnait la fièvre.

Singulière fille ! Elle me montra, qui jouait dans son jardin, un de ces ânes charmants de Provence, aux longs yeux résignés, et des canards, un peu viveurs et dandineurs, qui des étangs revenaient pour leur repas du soir. Je reconnus cette générosité d'âme, jadis devinée sous son masque trop serré d'enfant. Pourquoi toujours rétrécir notre bonté, pourquoi l'arrêter au chien et au chat? En moi-même, je félicitai Petite-Secousse d'avoir

précisément choisi l'âne et le canard, pauvres
compagnons, à l'ordinaire sevrés de caresses
et même de confortable, parce que, sur leur
maintien philosophique, ils sont réputés se
satisfaire de très peu de chose. Leur volonté
amortie de brouillards, leur entêtement de
besoigneux, elle comprenait tout cela, sans
dédain ni répugnance; n'avait elle pas vécu
jadis dans un profond rapport avec nos aïeux
du quinzième siècle, comme ceux-ci mala-
droits, très proches de la nature et étriqués!

Nous nous tûmes un long instant, car
j'étais saisi par l'émouvante simplicité du
paysage. A Aigues-Mortes, l'atmosphère
chargée d'eau laisse se détacher les objets
avec une prodigieuse netteté et leur donne
ces colorations tendres qu'on ne retrouve

qu'à Venise et en Hollande. Devant nous se
découpait le carré intact des hautes murailles crénelées, coupées de tours et se
développant sur deux kilomètres. Au pied
de cette masse rude, campée dans l'immensité, jouaient des enfants pareils à des
petites bêtes chétives et malignes. Mais mon
regard détourné se fondait au loin sur la
plaine profonde et ses immenses étangs d'un
silence éternel et si doux !

Quand j'obéis à Bérénice, qui redoutait
pour moi la fièvre qui rôde le soir sur ces
landes, et quand je la suivis dans le petit
salon dont les vastes glaces nous laissèrent
suivre le coucher du soleil, une émotion
presque pieuse gonflait mon cœur. Le thé
que nous buvions ne devait pas apaiser
mon énervement, mais elle me parlait

avec cette gaîté légère et cet imprévu plein
de tact qui n'appartiennent qu'aux personnes maladivement sensibles et qui ne laissèrent pas mon excitation se souiller. Entre
mille riens, pour m'exprimer la joie de me
revoir, elle m'apprit que cette maison lui
appartenait; elle me parla d'une amie qu'elle
avait au théâtre de Nîmes et appelait assez
drôlement « Bougie-Rose, parce qu'elle est
prétentieuse comme une bougie rose ». Puis
elle sonna sa domestique pour que je con-
nusse tout le monde.

A dire vrai, j'étais un peu étonné de voir
Petite-Secousse propriétaire, mais je ne
jugeai pas convenable de l'interroger là-dessus. Du reste, peu m'importait le sens de
ses discours; elle avait une de ces voix
graves et élégantes qui pénètrent sensuelle-

ment dans les veines, nous engourdissent et font éclore la mélancolie. C'était toujours l'ancienne petite fille, mais la puberté avait fondu sa dureté et comme feutré les brusqueries un peu sombres de sa dixième année. Du petit animal entêté qui m'avait un soir donné sa main fiévreuse, elle n'avait conservé, parmi ses grâces de jeune femme, que cette saveur de sembler un être tout d'instinct et nullement asservi par son milieu. Telle que je l'avais vue petite fille, elle possédait quelque rêve en elle qui faisait son orgueil et où elle se suffisait.

Charmante et secrète ainsi, elle excitait infiniment mon imagination et m'emplissait de volupté. Je ne sais rien de plus troublant que de retrouver dans une grande fille le sourire qu'on lui vit enfant; cela éveille

l'idée si passionnante des transformations
de la nature ; nous distinguons confusément
que ce jeune corps qui nous enchante n'est
pas une chose stable, mais le plus bel instant d'une vie qui s'écoule. Avec une sorte
d'irritation sensuelle, nous voudrions la presser dans nos bras, la préserver contre cette
force de mort qu'elle porte dans chacune de
ses cellules, ou du moins profiter, dans une
sensation plus forte que les siècles, de ce
qui est en train de mourir.

Quand Bérénice était petite fille, dans mon
désir de l'aimer, j'avais beaucoup regretté
qu'elle n'eût pas quelque infirmité physique.
Au moins pour intéresser mon cœur avait-
elle sa misère morale. Une tare dans ce que
je préfère à tout, une brutalité sur un faible,
en me prouvant le désordre qui est dans la

nature, flattent ma plus chère manie d'esprit,
et d'autre part me font comme une loi d'aimer le pauvre être injurié pour rétablir, s'il
est possible, l'harmonie naturelle en lui
violée. Je m'écarte des êtres triomphants
pour aimer, comme aime Petite-Secousse,
les beaux yeux résignés des ânes, les tapisseries fanées, ou encore, comme j'aurais
voulu qu'elle fût elle-même, les petites ma-
lades qui n'ont pas de poupées ; c'est qu'il
n'est pas de caresse plus tendre que de
consoler.

A Aigues-Mortes, toutefois, ayant vu sa
nuque souple et ses grands cils mélancoliques, je m'égarai de cette façon de sentir. Je
me sentis disposé à la posséder. Et comme
le plus sûr moyen dans le tête-à-tête, pour
arriver à la sensualité, me parut toujours les

sentiers de la mélancolie, au soir tombant je
priai Petite-Secousse de me raconter ces tristesses qu'elle m'avait indiquées d'un mot
léger à Arles, quand une de ses larmes tomba
sur sa main que je baisais.

LES AMOURS DE BÉRÉNICE ET DE FRANÇOIS DE TRANSE.

Je n'essayerai pas de vous retracer ce récit tel que je l'entendis de Petite-Secousse; elle disait ses souvenirs avec un frémissement de vie intérieure longtemps contenue, avec une exaltation trop tendre.

Bérénice, à toutes les époques, fut remplie d'une chère pensée comprimée qui la rendait indifférente au monde extérieur. D'ailleurs cette pensée, elle eût été bien incapable de la définir, alors même qu'elle s'y livrait avec le plus de mollesse; vous savez qu'elle naquit avec un secret dans l'âme. C'est pour mieux le caresser qu'elle s'était

tant plu dans la solitude du musée du roi
René; et son air un peu dur d'enfant témoi-
gnait ces dispositions chimériques. Quand
l'âge en fut venu, cette mélancolie qui igno-
rait ses motifs se fixa dans un amour.

Elle s'attacha très sincèrement à un jeune
homme, François de Transe, qui l'entretint
et l'aima avec passion. D'une excellente famille de Nîmes, il avait connu Petite-Secousse
à Paris, dans un souper où le fêtait son oncle,
vieux viveur, ami des Casal et autres gens
de cercle; aussi ne pouvait-il se faire d'illusion sur les inconséquences passées de cette
jeune libertine; mais elle était, avec ses dix-
sept ans, une si belle petite fille! puis ils
avaient tous deux des âmes d'enfants généreux, et l'un pour l'autre une vraie sensualité.

Ils vécurent pendant deux ans à Aigues-
Mortes. « Nous ne nous ennuyions jamais,
me dit Bérénice, et l'heure des repas nous
surprenait toujours. Nous avions les animaux,
le tir au pistolet, et puis il jouait à me porter dans le jardin. En été, nous allions au
Grau-du-Roi, qui est, à trois kilomètres, une
petite station de bains de mer. Chaque année
nous faisions un voyage à Nice et à Paris. »
Elle eût pu ajouter qu'à vingt ans ceux qui
s'aiment dorment beaucoup

M. de Transe menait là une vie qui déplut
à sa famille. On le somma de faire le tour du
monde ; il devait, comme c'est la coutume,
rencontrer les princes à Java et leur être
présenté. Les derniers jours que passèrent
ensemble ces deux jeunes gens furent la fièvre la plus triste. Le valet de chambre qui

venait le matin habiller M. de Transe s'es-
suyait les yeux en les regardant tous deux
couverts de pleurs.

Elle le mena à la gare, mais ne se sentit
pas le courage d'aller jusqu'à Marseille : au-
rait-elle pu supporter la solitude du retour,
à travers les joies grossières de cette ville !
D'ailleurs, il convenait qu'il donnât ces derniers jours aux siens. Quand il fut dans le
train de Nîmes, il ne put retenir ses larmes,
de sorte que, se rejetant en arrière, il lui dit
adieu et leva la glace. Elle courut à l'endroit
où la route se rapproche de la voie ferrée,
espérant faire encore de la main des adieux
à son ami, mais le train passa comme un
train d'étrangers. Sans doute il avait relevé
son manteau sur ses yeux et il songeait qu'un
jour elle appartiendrait à un autre.

Petite-Secousse, de son côté, avait les plus tristes pressentiments : peu de jours après cette séparation, en l'absence de sa camarade Bougie-Rose, elle ouvrit une lettre adressée à cette dernière et ainsi conçue : « Venez me parler à Nîmes, j'ai une grave nouvelle à vous communiquer qui intéresse votre amie. » La lettre était signée d'un aimable homme, plus âgé que M. de Transe, mais de qui celui-ci avait souvent parlé avec amitié à Bérénice.

Au milieu des pires agitations, elle ne put dormir de la nuit. Dès le premier train, le cœur et le visage défaits, elle partait pour Nîmes. « Oh ! ma pauvre petite, » lui dit celui qu'elle interrogeait avec anxiété, « ce n'est pas vous que j'aurais voulu voir, mais Dieu ne permet pas que le coup vous

soit atténué. » — François est mort ! s'écria-
t-elle.

Ce qui me frappa le plus dans le touchant
récit qu'elle me fit de ces pénibles circonstances, c'est son acceptation absolue
des conventions sociales. Elle était née
sans aucun goût pour refaire la société, ni
même la contester ; puis les tableaux du
roi René lui avaient enseigné que l'Univers
est un vaste rébus. C'est ainsi qu'elle avait
accepté dans sa dixième année tant de familiarités qui convenaient peu à son âge. Elle
avait un sentiment très fin et très suscepti-
ble de la tendresse et de la politesse que lui
devaient ses amis. Pourtant sa reconnaissance
était vive de ce qu'un homme sérieux, comme
elle disait, se fût préoccupé de la prévenir
doucement. M. de Transe était mort d'un sot

accident, au huitième jour de son voyage, pris de fièvre typhoïde.

Au reste le récit de Bérénice était obscur et minutieux, avec des lacunes; c'était comme une vision qu'elle me décrivait en serrant ma main dans les siennes, et les yeux fixes. « J'étais gaie autrefois, mais, de chagrin, maintenant je reste des heures sans penser.» Et sa douleur, à se raconter, devenait aussi neuve que le jour même où elle apprit, à Nîmes, la mort de son ami. « Savez-vous, me disait-elle, quelle idée j'avais, étant seule dans le train, ce soir-là ? J'aurais voulu entrer au couvent ! »

Elle rougissait de sa confidence, craignait que je ne la comprisse pas, mais moi, je me sentais le frère de cette petite fille, désolée dans cette maison pâle, et je souffrais de ne savoir

6

le lui faire connaître. Mon rêve fut toujours de convaincre celle que j'aimerais qu'elle entre à la Réparation ou au Carmel, pour appliquer pleinement les doctrines que je chéris et pour réparer toutes les atteintes que je leur porte. Jamais plus intense qu'auprès de cette petite fille, je n'eus la sensation d'être étranger aux préoccupations actives des hommes... A travers les vitres, je contemplais un sentier filant en ligne droite vers le désert, puis, découpées en ombres chinoises, deux jeunes filles gaies, riant à des ouvriers qui rentrent du travail, et j'y vis le grossier désir de perpétuer l'espèce, tandis que des aboiements de chiens signifiaient nettement les jeux, les querelles, toutes les vaines satisfactions de l'individu. Accablé dans mon fauteuil et pénétré de la douleur de mon amie, je me

sentais infiniment dégoûté de tous, sinon de
ceux qui souffrent délicatement et composent, dans leur imagination enfiévrée, des
bonheurs avec les fragments qu'ils ont en-
trevus.

La maison lui avait été donnée par M. de
Transe. Ce pieux souvenir mêlé à son sentiment de propriétaire l'attachait infiniment
aux moindres détails de son intérieur. Elle
voulut me les faire connaître, en signe de
confiance et pour couper notre tristesse. Or,
à la tête de son large lit, était suspendu un
chapelet béni par le pape, un souvenir de
M. de Transe. Je ne pus résister au plaisir
de le prendre entre mes mains, heureux de
m'associer à son culte, tandis qu'elle pleurait,
le front dans l'oreiller, à cette place même où
ils s'étaient tant aimés.

Dans le cours de cette soirée, elle me raconta encore une histoire que je trouve touchante.

M. de Transe aimait beaucoup sa grand'-mère et lui racontait toutes ses préoccupations vives, sûr de trouver chez elle de l'affection et une pointe d'admiration pour tout ce qui le concernait. Comment se serait-il retenu de l'entretenir d'un amour dont il était tout rempli? Cette excellente personne accueillit ses confidences avec indulgence : aucun de ceux qui aimaient son petit-fils ne pouvait être sans vertu à ses yeux, puis elle savait que cette jeune fille avait remis à François une médaille sainte qu'elle portait à son cou, en lui demandant de ne quitter jamais ce petit signe où se rejoignaient leur piété et leur amour.

De son côté, Bérénice, sur la foi de son amant, s'était prise de respectueux attache- ment pour cette vieille dame qu'elle ne con- naissait pas, mais considérait un peu comme sa protectrice.

Or, un jour, à Nîmes, deux mois après ses gros chagrins, Bérénice, toujours pâlie de douleur, étant montée dans un tramway, se trouva assise en face d'une personne âgée, qu'à la couleur de ses yeux, à la douceur de la bouche, à mille traits qui l'émurent, elle n'hésita pas à reconnaître pour la grand'- mère de M. de Transe. Sans nul doute, François avait montré à sa vieille confi- dente un des chers portraits qu'il portait toujours sur lui, car Bérénice vit bien qu'elle-même était reconnue. Les deux femmes ne se parlèrent point ; « mais, me disait Bérénice, la vieille dame baissait les paupières pour que je pusse la regarder tout à mon aise, et c'était la figure même de M. de Transe que je revoyais ; puis moi-même je détournais mon regard pour qu'elle me fixât sans gêne. Ainsi nous fîmes jusqu'au bout de notre chemin, et j'ai bien vu qu'en descendant elle avait les yeux pleins de larmes. »

J'admirais la tendre imagination de ma Bérénice et tout ce qu'elle prêtait de délicatesse à sa chétive tragédie.

Cette première soirée que je passai avec Petite-Secousse devenue grande me fut délicieuse sans restriction, et son récit avait détourné de telle manière mon idée que j'entrevis une forme d'amour supérieure à la possession.

Si Bérénice n'avait guère de vertu, elle avait beaucoup d'innocence, ce qui est plus sûrement une chose bonne et gracieuse. La vertu est le résultat d'un raisonnement, c'est se conformer à des règles établies. Bérénice avait par-dessus tout de la spontanéité; ses formes délicates renferment l'ardeur et l'abondance de sa race. Par le sentiment, elle atteint du premier bond ce qu'il y a de plus noble, la tristesse religieuse, cachée sous toutes les vives douleurs. Rien qui soit aussi contagieux. C'est pourquoi j'allai coucher à l'hôtel.

CHAPITRE SIXIÈME

JOURNÉE QUE PASSA PHILIPPE SUR LA TOUR CONSTANCE,

AYANT A SA DROITE BÉRÉNICE

ET A SA GAUCHE L'ADVERSAIRE.

Dans mon sommeil, je vis Bérénice se promener parmi les romanesques paysages d'Aigues-Mortes, et ils lui étaient le plus harmonieux des jardins.

Le jour ne dissipa rien du charme dont m'avait enveloppé son récit, et pour mieux m'en pénétrer, je désirai reposer mes yeux sur ces étangs, ces landes et cette mer qui, hier au soir et dans mon rêve, s'harmonisaient si intimement aux nuances et aux frissons de mon amie.

On m'indiqua le point le plus élevé des remparts, la Tour Constance, citadelle du treizième siècle, d'où je dominerais la région.

I. — VUE GÉNÉRALE ET CONFUSE

Tandis que je gravissais le mince escalier qui se dévide dans l'épaisseur des murs énormes, ai-je regardé ce que me montrait le guide de l'ingéniosité des guerriers moyenageux à se verser des huiles bouillantes sur la tête par le mâchicoulis? Je ne pensais qu'aux misérables qui, dans ces salles superposées, abîmes glacés et suintants de ténèbres, avec un cœur défaillant comme le mien, connurent le désespoir. A chaque bruit, ils craignaient qu'on ne vînt les faire souffrir; à chaque silence, qu'on ne les laissât périr de faim. Dégradés et abandonnés, comme ils sont pour moi pitoyables!

Le guide maintenant me décrit ce que furent ces salles pour les conseils qu'y tint saint Louis, à la veille de ses croisades. De hautes boiseries, puis des tapisseries revêtaient ces murs : les dalles étaient couvertes d'une litière de paille d'orge jonchée de fleurs fraîches qui la parfumaient. Nous avons perfectionné notre confortable; avons-nous des méthodes pour mieux satisfaire la délicatesse de nos cœurs raffinés?... J'ai rencontré à un tournant de mon ascension la chapelle aux arceaux nerveux, le coin secret où le roi s'agenouillait et suppliait Dieu qu'il lui accordât le don des larmes. Cette forte prière n'exprime-t-elle pas, avec la netteté des cœurs sans ironie, la volupté où j'aspire et que Bérénice semble porter aux plis des dentelles dont elle essuie ses tendres yeux?

Dans cet angle étroit, je m'attarde, et je réfléchis que de ce long passé, des siècles qui font de cette tour la véritable mémoire du pays, rien ne se dégage pour moi que ceux qui méditèrent et ceux qui souffrirent...

En réalité, ils ne diffèrent guère.

Nos méditations comme nos souffrances sont faites du désir de quelque chose qui nous compléterait. Un même besoin nous agite, les uns et les autres, défendre notre moi, puis l'élargir au point qu'il contienne tout. Voilà l'ardeur inconsciente qui soutient chaque être sur la vie. Le sillage que laissent les morts donne excellemment la direction de leur existence; or, l'ensemble de ces sillages nous apparaît comme un effort unanime pour prendre une conscience plus large de l'univers.

Telle est la loi de la vie. Avec nos futili-
tés et parmi ces fausses nécessités qui nous
pressent, qu'est-ce que Bérénice et moi-même?

Cette tendre rêveuse souffre d'un bonheur
perdu, rêve un peu confus et analogue à ces
paradis que les peuples primitifs placent
dans leur passé. Pour moi, dès mes premières réflexions d'enfant, j'ai redouté les barbares qui me reprochaient d'être différent;
j'avais le culte de ce qui est en moi d'éternel,
et cela m'amena à me faire une méthode
pour jouir de mille parcelles de mon idéal.
C'était me donner mille âmes successives;
pour qu'une naisse, il faut qu'une autre
meure; je souffre de cet éparpillement. Elles
se contredisent et se nient en moi, et pourtant je les reconnais comme des aspects
d'une même âme indivise.

Dans cette succession d'imperfections, je suis obsédé de me reposer de moi-même dans une abondante unité. Ne pourrais-je réunir tous ces sons discords pour en faire une large harmonie?

.... Des problèmes analogues desséchaient le roi Louis, tandis qu'agenouillé sur ces dalles, il implorait le don des larmes. Avec une religion aussi vive, et simplement modifiée par les circonstances, je me préoccupe, moi aussi, de servir mon âme qui veut être émue. Je n'ai pas comme saint Louis de formule déterminée à laquelle me conformer, mais je cherche ma formule à travers toutes les expériences.

J'atteignais la plate-forme de la tour, et mon cœur se dilata à voir l'univers si vaste.

Le passage de cette tour qui m'oppressait à
cet illimité panorama de nature exprimait
exactement le contraste de l'ardeur resser-
rée d'un saint Louis et de mes désirs infiniment dispersés.

Mais un petit pharc de douze mètres s'éle-
levant encore sur cette terrasse. je me refu-
sai à rien regarder avant que je m'y fusse
installé pour embrasser le plus long horizon.

Maintenant, à mes pieds, Aigues-Mortes,
misérable damier de toits à tuiles rouges,
était ramassée dans l'enceinte rectangulaire
de ses hautes murailles que cerne l'admirable plaine, terres violettes, étangs d'argent
et de bleu clair. frissonnant de solitude sous
la brise tiède ; puis, à l'horizon, sur la mer,
des voiles gonflées vers des pays inconnus
symbolisaient magnifiquement le départ et

cette fuite pour qui sont ardentes nos âmes, nos pauvres âmes, pressées de vulgarités et besoigneuses de toutes ces parts d'inconnu où sont les réserves de l'abondante nature.

Longtemps, sans formuler ma pensée, je demeurai à m'émouvoir de ces vastes tableaux et à aimer ce pays, de telle façon que si mauvais procédés qu'il ait pour moi dans la suite et quand même cet échauffement qu'il me donne m'apparaîtrait déraisonnable, cela jamais ne puisse être effacé que nous n'avons fait qu'un et que j'ai participé de sa gravité après tant de vaines agitations. Magnifique mélancolie, et misérable pourtant ! Satisfaction intense, mais privée de cette sécurité qui seule saurait me donner la paix. Car je suis une minute de ce pays et pour cet instant il repose en moi, mais combien d'au-

7

tres avant mon heure ont distingué l'âme de ce pays et l'ont fondue avec la leur, de ce même point de vue où je suis assis, pour s'en faire une belle âme unique ! puis cette beauté qu'ils s'étaient composée se dissipa, dans le même délai que mon émotion va s'affaisser.

Cependant, ma plénitude étant extrême pesait, comme la paupière dans le demi-sommeil, sur mon habituel sentiment de la désolante caducité des choses; et je jouissais confusément, quand soudain, de la plate-forme, des voix montèrent jusqu'à moi, et je reconnus ma délicieuse Bérénice qui causait avec un jeune homme.

J'allai la saluer.

II — VUE DISTINCTE ET ANALYTIQUE DES PARTIES

Bérénice fit la présentation :

— M. Charles Martin, ingénieur.

Je reconnus mon acharné adversaire du comité arlésien. C'est un vigoureux garçon, avec le genre de distinction que peut avoir un professeur, et ce qui m'intéresse, il présente tous les caractères de l'homme passionné. Nous nous tînmes fort courtoisement et chacun de nous s'en savait gré à soi-même. Quand on est né chien et qu'on rencontre une personne née chat, il est toujours flatteur de sentir qu'on fait voir en ce moment le plus beau résultat de la civilisation, en ne se jetant pas l'un sur l'autre.

— Je vous croyais rentré à Arles, me dit Bérénice.

— J'ai manqué mon train, un peu volontairement; voilà une heure que je suis dans la tour.

— Avouez que vous avez dormi là-haut, me dit M. Martin.

A ce ton, je reconnus immédiatement un de ces garçons qui se piquent d'esprit positif; ils ont au moins l'esprit scolaire, c'est-à-dire l'habitude contractée dans les classes de croire que leur manière de sentir est la raisonnable, et tout le reste sottise ou hypocrisie. Or, personne plus que Charles Martin ne méprise la vie de contemplation. Il a l'habitude de déclarer : « Me prenez-vous pour un rêveur? » Comme on dit : « Suis-je un pourceau ! »

— Mais non, lui répondis-je, un peu sur la défensive; j'y ai pris, au contraire, un vif intérêt.

Il désirait la conciliation (d'où je le devinai amoureux de Bérénice), car il reprit:

— C'est juste, vous avez là quarante-deux mètres d'élévation, on y saisit à merveille la topographie. Il est fâcheux que vous n'ayez eu personne pour vous orienter dans ce panorama.

Il commençait des explications et même je pus craindre qu'il ne donnât des épithètes de beauté aux étangs, au désert, au ciel, aux choses d'archéologie. Mes impressions, jusqu'alors agréables, en eussent été radicalement coupées. Heureusement, il s'en tint à étiqueter de leurs noms exacts ces mornes étangs, ces arbres contractés et

ces âpres herbages. Superflue technologie !
Les sentiments dont ils m'emplissaient me
les désignaient suffisamment !

Parmi les notions toutes formelles qu'il
nous donna, son expérience d'ingénieur du
Rhône me fournit cependant certains détails
qui confirmèrent et éclairèrent la physionomie que d'instinct je m'étais faite du pays
d'Aigues-Mortes.

« Toute cette plaine, nous dit-il, aux époques préhistoriques, était recouverte par
les eaux mélangées du Rhône et de la mer. »

Elle ne l'a pas oublié. La contradiction
de sa flore est le récit des luttes de cette
terre pour surgir de l'Océan : sur les bosses
croissent des pins, des peupliers blancs qui
trouvent là l'eau de pluie nécessaire à leurs
racines ; dans les bas-fonds encore impré-

gnés d'eau salée, des joncs, des sourdes, de ternes salicornes... N'est-ce pas de cette persistance dans le souvenir, de cette continuité dans la vie que naissent l'harmonie et la paix profonde de ces longs paysages ?

Bérénice, de qui je presse contre moi le bras, est harmonique à ce pays. C'est qu'elle a comme lui de profondes assises ; j'en avais eu tout d'abord une perception confuse. Un sentiment très vif des humbles droits de sa race au bonheur et un secret fait de souvenirs et d'imaginations, voilà toute son âme. Combien j'envie à cette enfant et à cette vieille plaine cette continuité dans leur développement, moi qui ne sais pas même accorder mes émotions d'hier et d'aujourd'hui ! C'est par là que j'aime ce pays, quoique je ne prétende pas en faire un champ

de culture ; c'est par là que j'aime Bérénice,
quoique je ne songe pas à la faire ma
maîtresse ; et même, champ de culture ou
maîtresse, je les aimerais moins que
gardant leur tradition dans la tristesse,
comme cette petite fille et ces sables salés.

A un autre instant, Charles Martin se féli-
citait que depuis trente ans on eût livré la
majeure partie de ce pays à la culture et
au défrichement. — Il en est ainsi des ha-
bitants, me disais-je ; les longues époques
où notre race était en friche sont passées.
Peut-être sur nos âmes a-t-il apparu des modifications plus frappantes depuis cinquante
ans que durant trois siècles. Chez beaucoup
d'entre nous, ce devient une grande difficulté de retrouver le fonds ; les âmes comme

Bérénice sont bien rares. Mais allons à quelques pouces sous cette plaine d'Aigues-Mortes, très vite elle se révèle, et c'est par cette connaissance que nous pouvons l'utiliser. De même pour le peuple, il faut connaître sa tradition, ses besoins profonds. Cet ingénieur, qui le méprise et ne cherche pas à le pénétrer, veut lui imposer ce qu'il considère comme raisonnable !

Charles Martin, en effet, qui sait tout ce qu'on peut savoir de ces plaines tourmentées du Rhône, ne me paraît guère les comprendre; en lui tout demeure à l'état de notion sans se fondre en amour.

Il est monté avec Bérénice sur ce belvédère pour qu'elle embrasse la nécessité de certains travaux qui lèsent, dit-elle, sa villa de Rosemonde. Et ce qui me frappe dans ses explications, c'est jusqu'à quel point, en tout et sur tout, il se refuse à accepter ce pays tel qu'il est et prétend lui imposer sa discipline.

L'unité ! voilà donc le rêve universel, l'aspiration des esprits réfléchis et des plus grossiers. Elle satisfait les besoins moraux et les désirs des contemplatifs, mais elle est aussi la santé et le bien-être de nos corps : en sorte que la religion gœthienne, vivre en harmonie avec les lois de la nature, n'est que la formule la plus élevée de l'hygiène. La singularité de Charles Martin, c'est que dans sa suffisance de fonctionnaire et d'ingénieur, il imagine qu'il doit plier cette région sur la formule d'un beau pays, telle que l'établissent les concours qu'il a brillamment subis.

Foi naïve à la science ! Il croit que la parfaite possession de la terre, c'est-à-dire l'harmonie de l'homme et de la nature, résultera de l'application à tout le continent des mêmes procédés de culture et de transport. Des routes, des récoltes, des digues, ne sont pas pour lui des moyens, mais de pleines satisfactions où il s'épanouit. Comme il sourit de ces « assises profondes, de cette puissance de fixité » que perçoivent quelques-uns dans l'ensemble d'un paysage, dans un peuple ! Ce sont elles pourtant qui m'invitent à m'affermir, à creuser plus avant et à étudier dans mon moi ce qu'il contient d'immuable. Quoi qu'en pense Martin, pour entreprendre utilement la culture de notre âme ou celle du monde extérieur, rien ne peut nous dispenser de connaître le fonds

où nous travaillons. Il faut pénétrer très
avant, se mêler aux choses, par la science,
soit! par l'amour aussi, pour saisir d'où
naît l'harmonie qui fait la paix et la singulière intensité de cette contrée. Sinon, vous
continuez cette œuvre dont j'ai tant souffert,
vous faites de la mobilité, de la vaine agitation. Vous croyez donner à ce jardin mille
aspects nouveaux, vous n'avez touché qu'à
la surface, et votre œuvre est de celles
qu'emporte un caprice du Rhône ou quelque
mouvement de notre humeur.

Ame triste et déshéritée de Bérénice, je
vous aime ; je ne prétends pas vous imposer
mon âme, mais à vous qui n'avez pas bouleversé sous mille cultures la part originelle
que vous avez reçue de votre race, je demande
que vous me soyez un directeur ;

Et toi aussi, mélancolique pays, parent de Bérénice, enseigne-moi ;

L'un et l'autre, vous avez suivi le fil de votre race et l'instinct de votre sève ; moi je suis impuissant à rien défendre contre la mort. Je suis un jardin où fleurissent des émotions sitôt déracinées. Bérénice et Aigues-Mortes ne sauront-ils m'indiquer la culture qui me guérirait de ma mobilité ? Je suis perdu dans le vagabondage, ne sachant où retrouver l'unité de ma vie, Je n'espère qu'en vous pour me guider.

Bérénice, qui attendait son amie de Nîmes, ne tarda pas à nous quitter, satisfaite de notre bonne entente et amusée de nous envoyer déjeuner côte à côte à l'hôtel.

. Quoique pour l'ordinaire je répugne à supporter la contradiction, l'aventure me plut; je sentais que ce compagnon méprisait d'une belle ardeur toutes les idées qu'il ne partageait pas, et c'est un plaisir de séduire des ennemis de cette sorte jusqu'à jeter ainsi le désarroi dans leur esprit catégorique.

Dès le potage, j'eus là satisfaction de voir net dans tous ses rouages, sans qu'il me comprît le moins du monde; comme s'il eût posé cartes sur table, je connus tout le jeu d'images contradictoires où il s'embarrassait sur mon caractère.

Serait-ce un esprit chimérique? se disait-il, tandis que je lui parlais des misérables ; ou immoral? quand j'en vins à vanter certain phalanstère religieux. Pour trancher, il eût admis volontiers l'une et l'autre hypothèse, mais mon affabilité d'un ton très simple le préoccupait, et de cette attitude sans signification il cherchait à tirer des conclusions, bien plus que des idées que je lui exposais. D'ailleurs, chacune de ses paroles était de vanité, et il me parut avoir, comme la plupart de ces hommes, un cerveau d'enfant dominé par des mots de spécialiste.

Saura-t-il jamais combien je l'ai goûté, l'excellent sot! C'était un ingénieur de trente ans, avec une figure confiante d'adolescent, un regard très pur et le charme d'un jeune animal. Tout en lui était énergie. Comme il tenait pour droiture parfaite chacune de ses pensées! avec quel entrain il méprisait ceux qu'il désapprouvait! Ses certitudes, ses affirmations, son exclusivisme étaient pour moi choses si folles, si dénuées de clair-

voyance, qu'il n'aurait jamais pu me blesser.
Martin, en vérité, m'excitait autant que merveille au monde ; il m'emplissait d'une
perpétuelle satisfaction à vérifier sur chacune de ses paroles combien je n'avais pas
trop auguré de son animalité. Un jeune
homme si cavalier doit beaucoup tenter les
femmes !

Je savais que les comités gouvernemen-
taux d'Arles songaient à lui offrir la candidature officielle, et je lui parlai de la situation politique dans le département. Aussitôt,
du ton approprié :

— Je vous en prie, me déclara-t-il, j'aurai
grand plaisir à causer avec vous sur tous
sujets, mais pas de politique ! nous avons
là-dessus des idées absolument opposées.

Cette phrase me remplit d'un délicieux bien-être ; je la prévoyais textuellement. Je l'assurai que je n'avais aucune intention de le contredire, ayant moi-même peu de confiance dans la dialectique, mais que je désirais me faire une vue claire des opinions qui lui étaient chères, afin de fortifier d'autant ma connaissance des vœux de tous les Français.

Ma réponse et mon sourire courtois lui parurent tels qu'il se fixa dans cette impression : « sceptique, sans conviction. » Parce que je montrais un goût très vif pour être renseigné sur toutes les convictions !

Mais pour que vous touchiez la faute constante de Charles Martin dans ses raisonnements, je noterai encore ce qui advint comme on servait le rôti. Un commis voyageur dit : « Avez-vous visité la tour Cons-

tance ? les oubliettes ?... il faut voir ça ! c'est
là que saint Louis précipitait les protes-
tants. » Il y eut un lourd silence, puis quelqu'un reprit, exprimant le sentiment de
toute la table : « Ah ! mes amis ! nous avons
la République, gardons-la bien ! »

A cet instant, l'adversaire crut que j'allais
railler, et pour prévenir mon sourire il haussa
les épaules, et sa moue attristée signifiait
qu'une telle ignorance de la chronologie est
tout à fait fâcheuse.

— Je ne partage pas votre impression,
lui dis-je à mi-voix. Une erreur historique
c'est peu grave, et ce que veulent signifier
ces messieurs est fort net. Ils témoignent un
goût très vif pour la tolérance philosophique ;
ils entrevoient la conciliation possible de
tous les idéals. Le même rêve m'obsède.

Distingue-t-on maintenant la qualité morale de Charles Martin ?

Ah ! celui-là n'est pas un égotiste, il méprise la contemplation intérieure, mais il vit sa propre vie avec une si grossière énergie qu'il la met perpétuellement en opposition avec chaque parcelle de l'univers. Il ignore la culture du moi : les hommes et les choses ne lui apparaissent pas comme des émotions à s'assimiler pour s'en augmenter ; il ne se préoccupe que de les blâmer dès qu'ils s'écartent de l'image qu'il s'est improvisée de l'univers.

Dans la vie de relations, il est un sectaire ; dans la vie de compréhension, un spécialiste. Il voit des oppositions dans la multiplicité et ne saisit pas la vérité qui se dégage de l'unité qu'elles forment. A chaque minute et de tous aspects, il est « l'*Adversaire* ».

III. — RECONSTITUTION SYNTHÉTIQUE D'AIGUES-MORTES, DE BÉRÉNICE, DE CHARLES MARTIN ET DE MOI-MÊME, AVEC LA CONNAISSANCE QUE J'AI DES PARTIES.

J'étais trop intéressé par ma chère Bérénice et par cette plaine, qui, toutes deux, manifestent si nettement cet immuable que je n'ai pas trouvé en moi ; il me fallait y méditer encore.

Je ne retournai pas à la villa de Rosemonde, je voulais goûter la forte nourriture que seule sait nous donner la solitude. Ses joies, dans leur brève durée, sont assez intenses pour effacer les longs ennuis inséparables de l'isolement ; elles nous élèvent d'une telle ivresse que les plus distinguées frivolités de la vie de société dès lors sont mêlées d'amertume, pour qui se rappelle de quelle vigueur de sensation il se prive en se mêlant aux hommes. Est-il plus grand bien-être que se faire une idée nette d'un problème qui nous angoisse?

A travers les petites rues, sur les remparts qui dominent l'horizon et dans la plaine si triste près des étangs, je remâchais mes réflexions de la journée et les travaillais, en sorte que d'heure en heure elles me devenaient plus fortes et fécondes.

J'aimais cette campagne et j'avais la certitude de m'en faire l'image même qui repose dans les beaux yeux et dans le cœur attristé de Bérénice. Comme mon amie, je laissais mon sentiment se conformer à ces étangs mornes et fiévreux, à ce pays lunaire plein

de rêves immenses et de tristesses résignées.
Mais en même temps que Bérénice liait
ainsi de ténues sentimentalités mon âme à
Aigues-Mortes, je justifiais cette union de
toutes les petites notions que m'avait don-
nées cet esprit sec de Charles Martin.

Quand le soleil fut à son déclin, je montai
à nouveau sur la tour Constance, ne dou-
tant pas que je n'y trouvasse de plus fié-
vreuses émotions, à cette heure où les rêves
sortent des étangs pour faire frissonner les
hommes.

Les couchers du soleil sont prodigieux à
Aigues-Mortes. Je n'y vis jamais rien de
brutal : ses feux décomposés par l'humidité
de l'air prenaient tous les coloris tendres de
la gorge des colombes, mais avec une gran-
deur et une sublimité de désolation que saint

Louis, quittant ces rivages, ne dut pas retrouver égales dans les plaines de Damiette. Ici, rien de vulgaire, rien non plus qui date : ce lieu, qui se présente naturellement sous un aspect d'éternité, met en un clair relief combien est furtive la grâce de Bérénice, combien fugitive chacune de mes émotions les plus chères. Aigues-Mortes est une pierre tombale, un granit inusable qui ne laisse songer qu'à la mort perpétuelle.

Avec une prodigieuse netteté, se détachaient les ondulations des côtes sur la mer. Et je songeais que le dessin en avait été modifié perpétuellement au cours des siècles. Ainsi que les flots, me disais-je, déforment chaque jour ce rivage, le flux et le reflux des mêmes passions agissent sur la sensibilité des hommes. Bérénice, Charles Martin et moi,

nous sommes des instants divers de l'intelligence humaine.

Je touchais avec une certitude prodigieuse
la puissance infinie, l'indomptable énergie
de l'âme de l'univers que jamais le froid ne
prend au cœur, qui ne se décourage sous la
pierre d'aucun tombeau et qui chaque jour
ressuscite.

A chaque minute, le paysage se transfor-
mait sous la lumière dégradante, de même
que le long des siècles il s'est modifié sous
l'ardeur de l'Océan et de même qu'il se mo-
difie dans les esprits qui le contemplent.
Dans cette solitude, dans ce silence singulier
de mon observatoire qui ne laissait aucun
vain bruissement sur ma pensée, dans cette
facilité d'embrasser tout un ensemble, les
analogies les plus cachées apparaissaient à

mon esprit. Je voyais cet univers tel qu'il est dans l'âme de Bérénice, la physionomie très chère et très obscure qu'elle s'en fait d'intuition, l'émotion religieuse dont elle l'enveloppe craintivement ; je le voyais tel qu'il est dans le cerveau de « l'Adversaire », collection de petits détails desséchés, vaste tableau dont il a perdu le don de s'émouvoir par l'habitude qu'il a prise de réfléchir sur quelques points. Et moi, me fortifiant de ces deux méthodes, je suis tout à la fois instinctif comme Bérénice, et réfléchi comme l'adversaire ; je connais et je sympathise ; j'ai une vue distincte de toutes les parties et je sais pourtant en faire une unité, car je perçois le rôle de chacune dans l'ensemble. Je suis religieux comme Bérénice, mais je sais pourquoi. J'ai des émotions spontanées, mais je les cultive avec une méthode qui dépasse encore la méthode de Charles Martin.

L'obscurité était venue. Cependant j'exprimai au gardien de la tour le désir de rester là encore quelques instants, et je le priai qu'il s'éloignât.

Maintenant que l'univers était rempli de nuit, un tableau plus beau encore m'apparaissait. Dans ce recueillement, les êtres prenaient toute valeur : ce n'était plus Bérénice que je voyais, mais l'âme populaire, âme religieuse, instinctive et, comme cette petite fille, pleine d'un passé dont elle n'a pas conscience ; pour Charles Martin, c'était la médiocrité moderne, la demi-réflexion, le manque de compréhension, des notions sans amour. Mais moi-même je n'existais plus, j'étais simplement la somme de tout ce que je voyais.

Toute passion individuelle avait disparu.
Je n'opposais plus mon moi à Bérénice, ni à
Charles Martin ; ils m'apparaissaient comme
un instant pittoresque des merveilleuses
destinées de l'humanité. Et moi, enivré de
cette compréhension, je me jugeais assis sur
la tour Constance, réfugié dans ce qui est
éternel, possesseur du grand et universel
amour. J'atteignais enfin, pour quelques secondes, au sublime égoïsme qui embrasse
tout, qui fait l'unité par omnipotence et
vers lequel mon moi s'efforça toujours d'atteindre.

Tel est le récit de la merveilleuse journée
que je passai sur la tour Constance, ayant à
ma droite Bérénice et à ma gauche l'Adver-

saire. Et, en vérité, ce nom de *Constance*
n'est-il pas tel qu'on l'eût choisi, dans une
carte idéologique à la façon des cartes du
Tendre, pour désigner ce point central d'où
je me fais la vue la plus claire possible de
ces vieilles plaines et de cette Bérénice remplie de souvenirs ? C'est en effet l'idée de
tradition, d'unité dans la succession qui domine cette petite sentimentale et cette plaine ;
c'est leur constance commune qui leur fait
cette analogie si forte que, pour désigner
l'âme de cette contrée et l'âme de cette enfant, pour indiquer la culture dont elles sont
le type, je me sers d'un même mot : *Le
jardin de Bérénice.*

CONCLUSION : CRITIQUE DE CE POINT DE VUE

Je regagnais Arles par le dernier train, le hasard me fit voyager avec Charles Martin. Nous échangeâmes quelques idées et du premier trait il faillit prendre barre sur moi.

Il remarquait avec complaisance que les vieilles maisons disparaissent d'Aigues-Mortes et qu'on y construit beaucoup de fabriques. M'étant penché à la portière, je ne pus que vérifier son assertion, et j'en eus de la tristesse au point de suspecter mes belles émotions de la tour Constance, car toutes naissent de l'idée qu'Aigues-Mortes est une vieille ville à qui les siècles n'ont pas fait oublier son passé et qui reçoit sa beauté de cette constance.

Mais très vite je sentis que, malgré tout,

la dominante d'Aigues-Mortes demeurait
d'être une ville de souvenirs. On ne peut
pas interrompre la vie ; il y a des choses récentes dans Aigues-Mortes, c'est vrai, mais
quoi ! il suffit que nous y trouvions le fil de la
vie, la tradition et cette unité dans la succession, grâce à quoi elle produit sur le visiteur une impression si particulière. Ma
chère Bérénice, elle-même, a dans la tête
des préoccupations banales ; dans le cœur,
peut-être des petitesses ; elle n'est pas remplie que de noble mélancolie et de souvenirs ;
je vois en elle des choses de ce temps. Mais
enfin elle est belle et précieuse, parce que
son caractère est d'éveiller notre vieux fonds
de sentiments et d'émotions héréditaires, et
que comme Aigues-Mortes elle se souvient
de soi-même.

Voilà comment j'échappai à l'objection de l'Adversaire. Objection de portée immense ! car le fond de ma préoccupation n'était ni Bérénice, ni la campagne d'Aigues-Mortes ; je ne pensais qu'à l'action électorale que je venais entreprendre à Arles. Je ne pensais qu'au peuple. « Quelle est son âme ? » me demandais-je, « je veux frissonner avec elle, la « comprendre par l'analyse du détail, comme « l'Adversaire, et par amour, comme Béré- « nice ; arriver enfin à en être la cons- « cience ». Qu'aurais-je conclu, si j'avais dû reconnaître que je m'étais mépris en trouvant une part originelle dans Aigues-Mortes et dans Bérénice ? Il m'eût fallu renoncer aussi à dégager la tradition de la masse ! « Tout cela a disparu, me disait implicitement Charles Martin. Ce sont des imaginations littéraires que dissipe la moindre enquête. »

Nul doute qu'un esprit de ma qualité n'eût triomphé de moi à cet instant, car j'étais très épuisé par ma dépense d'admiration et mes subtilités. Dès lors, il ne m'eût plus resté qu'à abandonner Arles et la vie active. Mais vraiment « l'Adversaire » s'y était pris trop grossièrement. Et la bassesse de sa dialectique m'empêcha de me dérober à ma nouvelle tâche.

CHAPITRE SEPTIÈME

LA PÉDAGOGIE DE BÉRÉNICE

> Mon enfant, donne-moi ton cœur.
>
> (PROVERBES.)

Dès lors, je vins souvent d'Arles à Aigues-Mortes visiter ma chère Bérénice. Jusqu'à quel point son contact m'était délicieux, on ne le comprendra que si l'on imagine la fatigue, la poussière des complications électorales d'où je m'échappais pour me rafraîchir dans la petite maison des étangs.

Bérénice ne parlait guère, mais son sourire et la ligne de son corps avaient une façon si mélancolique et si fine, avec un na-

9

turel parfait! Il y avait en elle l'étrangeté
délicate de cette renaissance bourguignonne
du quinzième siècle qui fut la moins académique des tentatives. C'est au milieu des
rares vestiges de cet art qui poursuivit passionnément l'expression, parfois aux dépens
de la beauté, que s'était ouverte sa première
jeunesse. Elle avait de ces images leur
finesse un peu souffrante, mais sans raideur
gothique, plutôt mouillée de grâce. Il me
semblait parfois que les faiblesses sensuel-
les de son âme avaient transpiré sur tout
son jeune corps et en baignaient les con-
tours.

Au bord de ces eaux pleines de rêves, son
élégance froissée par aucun contact et son
ignorance prodigieuse de toute intrigue
faisaient d'elle le plus précieux des repos.

Eûtes-vous jamais un sentiment plus ardent des arbres verts et des eaux fraîches que dans la paperasse des bureaux? jamais plus le goût d'une passion vive qu'au soir d'une journée de confus débats? Cette petite fille contentait le besoin de sincérité et de désintéressement qui grandissait en moi, tandis que je me soumettais aux conditions de ma réussite. Les heures passées auprès d'elle m'étaient un jardin fermé, où je menais une passionnante contestation sentimentale.

Notre ordinaire, dans mes séjours d'Aigues-Mortes, était de marcher dans cette campagne divine et de ne tolérer sur nos âmes que des sentiments analogues à ceux qui flottent sur ses étangs ou végètent sur sa lande. Notre conversation eût paru desséchée

comme paraît cette terre ; c'est qu'en étaient
bannies toutes banalités ; nous n'admettions
rien entre nous que de personnel et de parfaitement sincère. Nous avions nos longs
silences, comme cette terre a ses landes
pelées, et peut-être n'est-elle jamais plus
noble que dans ces friches semées de sel
et balayées du vent de la mer.

Nous réservions pour nos soins privés les
instants grossiers du milieu du jour, ces après-
midi où l'épaisse congestion nous prive tout
à la fois de frivolité et de profondeur, mais
la fraîcheur du réveil et la lassitude du soir
favorisaient également notre délicieux com-
merce d'abstractions.

Un matin, à travers les marais salants,
nous allâmes visiter le bourg du Grau-du-

Roi, qui est le port d'Aigues-Mortes. Un vent léger rafraîchissait le front, les yeux, la bouche de mon amie Bérénice et découvrait sa nuque énergique de petite bête. Elle franchit avec aisance ces trois kilomètres, sans daigner regarder ce paysage plus qu'un jeune bouleau ne s'inquiète de la noble tristesse des horizons du Nord dont il est un des caractères. Pour moi, étranger dans cette vie harmonieuse, j'en prenais une conscience intense.

Le Grau-du-Roi, groupe de maisons basses bordant un canal jusqu'à la mer qui s'espace à l'infini, porta mon imagination en pleine Venise, comme une note donnée par hasard nous jette dans la cavatine fameuse de quelque opéra italien... C'était vers les dix heures, par un tendre soleil, et la brise empor-

tait au large toutes nos rêveries, symbolisées
sur l'horizon par des voiles déployées. Au
Grau-du-Roi, les maisons sont teintes de rose
pâle, de jaune et de vert délayé. Aucun bruit
que le long bruissement qui vient de la mer
ne froissa mes nerfs suprasensibles, tandis
qu'assis auprès d'elle, qui représente pour
moi la force mystérieuse, l'impulsion du
monde, je goûtais dans le parfum léger de
son corps de jeune femme toute la saveur
de la passion et de la mort. Or, comparant
mes agitations d'esprit et la sérénité de sa
fonction, qui est de pousser à l'état de vie
tout ce qui tombe en elle, je fus écœuré
de cette surcharge d'émotions sans unité dont
je défaille, et je songeai avec amertume qu'il
est 'sur la terre mille paradis étroits, analogues à celui-ci, où, pour être heureux, il

suffirait d'être comme mon amie une belle
végétation et de me chercher des racines, ces
assises morales qu'elle avait trouvées en
pleurant dans les bras de M. de Transe.

Parfois, le soir, après le repas, quand je
sentais, dans un soupir de Bérénice un peu
affaissée, que notre manie allait la lasser, je
la laissais à sa futile camarade, Bougie-Rose,
à sa domestique, de qui sa bonne grâce avait
su tirer une humble amie, et je gagnais
Aigues-Mortes par le sentier des étangs.

Seuls les saints la connurent, mon hystérie
de méditation et cette violente variété d'abstractions, où je me plongeais, tout en côtoyant
ces marais lunaires vers l'ombre gigantesque
des murailles amplifiées par la nuit ! Puis
sur le large trottoir de la petite place où

veille un saint Louis héroïque de Pradier,
apercevant dans une demi-obscurité la rude
église du douzième siècle, je m'enorgueil-
lissais que ce pays ne fût utile qu'à mon
éducation et que Bérénice, non plus, n'eût
d'autre mission, enfant chargée de voluptés
qu'elle laisse non cueillies se faner royale-
ment sur elle-même.

Cela est certain qu'elle ne se serait pas re-
fusée, mais cette assurance que j'en prenais
dans ses yeux de petit animal au moment
même où elle pleurait M. de Transe, le seul
ami dont elle eût jamais frissonné, suffisait
à ne pas irriter mon désir.

Visiblement, je lui plaisais, et comme il
convient pour que le sentiment soit vrai,
d'instinct physique et de confiance. Parfois,
dans nos promenades, tandis que je m'enivrais

sans jamais m'en lasser de cette tristesse
épanouie à tous les plis de son beau visage,
elle me disait, avec l'éclatant sourire dont
ses années de libertinage lui firent connaître
l'irrésistible empire : « Venez plus près de
moi, » et elle m'attirait au fond de la voiture
contre son jeune corps. « A quoi pensez-vous ?»
interrogeait-elle, un peu mal à l'aise de ce
compagnon, de qui, aujourd'hui comme jadis, les mobiles lui échappaient. Mais que je
fusse distrait, ce lui était un suffisant motif
de me goûter davantage, pour mon *originalité,* disait-elle, bien à contre-sens, car je n'é-
tais qu'un esprit compréhensif, enveloppé, et
conquis par l'abondante végétation qu'elle
projette comme une plante vigoureuse.

« A quoi pensez-vous, Philippe ? » et je songeais qu'il est sur la terre bien des femmes

dont le sein cache un beau trésor de douceur et de haute sagesse selon la nature, et
qu'aucun n'aimera avec désintéressement
parce que leurs corps voluptueux troublent de
désir qui les approche.

Elles-mêmes, si délicates pourtant, sollicitent ces grossiers hommages. Mais ma Bérénice, qui sur ses lèvres pâles et contre
ses dents éclatantes garde encore la saveur
des baisers de M. de Transe, ne sera pas déçue
si je ne lui apporte qu'un amour en apparence
brillant et froid, une tendresse clairvoyante.
Car le jeune homme qui n'est plus lui a laissé
de passion ce qu'en peut contenir un cœur
de femme, et cette passion, loin de s'évaporer
avec le temps, se concentre dans la souffrance.
La mort qui a clos les yeux aimés où se
penchait Bérénice, seule aussi pourra dissi-

per le vertige que cette enfant y prit. Ainsi, remplie d'un grand amour, elle ne demande à mon amitié d'autre passion, d'autre caresse qu'une tendre curiosité pour le bonheur qu'elle pleure.

Or moi-même, dans ma dispersion d'âme, je ne puis mieux me servir qu'en me faisant le collaborateur de ces sentiments de nature. Cette sympathie trouble de Bérénice pour sa race, pour l'univers, me sera une forte médication. Nulle ne fut dans de meilleures conditions que cette petite fille, toute ramassée dans l'amour d'un mort, pour avoir une grande unité de vie intérieure ; je désirai y participer.

Précisément il était aisé d'y progresser à cause de son éducation particulière ; comme elle était habituée à faire voir son jeune corps sans voiles, elle laissa aussi mes mains se promener sur son âme passionnée.

Voici les principes de vie que m'inspira la mélancolie de son visage, les voici tels que durant nos longs colloques je les lui formulai : pour son usage, disais-je, mais aussi pour le mien. Ils peuvent se ramener à trois points que je vais indiquer brièvement. S'il m'arrive de systématiser des notions qui prenaient plus de mouvement des circonstances mêmes où elles naissaient, du moins suis-je assuré de n'en pas fausser le caractère.

Ce qui me frappe dès l'abord en vous, Bérénice, lui disais-je, c'est que vous avez le recueillement, la vie intérieure et cette sève abondante qui élança chez quelques-uns de si admirables ascétismes.

Non pas qu'ayant fermé les yeux vous soyez arrivée à comprendre la loi du monde, comme font les Marc-Aurèle et les Spinoza, par la force logique de votre esprit, mais une passion dont tressaille votre petit corps vous a fait vivre parallèlement à l'univers. Vous n'avez pas mis dans une formule, comme ces sublimes raisonneurs, l'âme du monde, mais on voit s'agiter en vous la force même qui conduit le monde. Et vos inquiétudes passionnelles, qui précisément ne vous laissent pas prendre conscience de l'univers, m'aident à entendre la réclamation des simples fleurs, des pauvres animaux qui souffrent comme vous pour avoir entrevu un état plus heureux, et comme vous, comme nous tous, veulent monter dans la nature.

Ton rôle, ma Bérénice, est de faire songer aux mystères de la reproduction et de la mort, ou, plus exactement, il faut qu'en toi tout crie l'instinct et que tu sois l'image la plus complète que nous puissions concevoir des forces de la nature. Rien de plus, mais quelle tâche délicate !

N'essaie pas d'être nature, c'est souvent être artificiel ; une Espagnole à qui je reprochais un jour, ayant l'habitude de penser tout haut, de ne pas ressembler assez à un

Goya, me répondit très justement : « Chez nous ce ne sont plus que les femmes du peuple qui portent des mantilles ; je ne serais pas une vraie Espagnole d'aujourd'hui si je m'habillais ainsi. » Parole très fine ! Elle eût paru déguisée en Espagnole. Ainsi, ma chère amie, pour me donner l'image de l'instinct, ne t'avise pas de chercher la simplicité ! Sois subtile, si ça t'est plus commode.

Ta méthode, tu le conçois bien, ne doit être en rien d'expliquer la vérité. Je dirai même que tu dois éviter la moindre explication, tu n'y réussirais pas (as-tu seulement le vocabulaire abstrait convenable ?), mais sans que tu le saches, chacun des mouvements de ton âme me révèle le sens de la nature et ses lois.

Ton plaisir, ma chère Bérénice, c'est d'être enveloppée par la caresse, l'effusion et l'enseignement d'Aigues-Mortes, de sa campagne et de la tour Constance. « C'est là seulement que je me plais, » me dis-tu. Elles te tiennent des discours dont tu peux te demander si ce n'est pas toi qui les leur a confiés. Tu te mêles à Aigues-Mortes; tes sensations, tu les a répandues sur toutes ces pierres, sur cette lande desséchée, c'est toi-même que te restitue la brise qui souffle de la mer contre ta petite maison, c'est ta propre fièvre qui te monte le soir de ces étangs.

Et pourtant, cette rêverie où vous vous abandonnez, Aigues-Mortes et toi, ne te suffit pas. Ton âme dispersée sur cette terre, ta souffrance émiettée, tu aurais plaisir à les resserrer, à t'y recueillir, à en déguster chaque détail. Aigues-Mortes reste trop dans les généralités; tu as besoin d'un confident plus intime et aussi plus explicatif. Ta petite âme suave, si frémissante à toutes les solidarités de la nature, précisément parce qu'elle est neuve, obscure, a peu conscience d'elle-même; toi qui t'accordes profondément avec cette contrée, tu t'inquiètes pourtant, tu te crois isolée; tu aspires à rentrer dans le personnel. C'est pourquoi je projette que tu jouisses, que nous jouissions ensemble des voluptés de la confession.

En te révélant à moi, tu oublieras ta solitude; tu t'épancheras, et donneras ainsi la gaieté des eaux vives aux douleurs qui croupissent en toi.

10

Par la méditation et l'examen de conscience en commun, on pénètre bien plus finement en soi-même. C'est une méthode que j'ai expérimentée avec mon ami Simon, — charmant garçon que j'ai un peu perdu de vue, mais que je veux te faire connaître ; je suis arrivé en sa société à faire quelques excursions sur des points tout à fait nouveaux de moi-même.

Enfin, étant ton confesseur, je serai en même temps ton directeur de conscience, et dans les commentaires que je veux faire sur ton âme j'aurai soin de te la présenter sous le jour le plus favorable, en sorte que tu ressentes de la quiétude et une grande paix.

La volupté de l'épanchement, le bien-être de la pleine lumière et le calme du pardon,

voilà ce que tu trouveras dans la confession,
qui est véritablement le seul plaisir digne
de Bérénice.

3° LES DEVOIRS DE BÉRÉNICE

Tu as des devoirs, Bérénice. Il ne suffit pas que tu sois une petite bête à la peau tiède, aux gestes fins, et une enfant qui se confesse avec naïveté; tu dois être mélancolique.

Que ton visage m'offre le plus souvent cette touchante gravité qu'il prend quand tu songes à M. de Transe et même à rien du tout. Le pli de ta bouche, la nuance de tes yeux, ton silence me remplissent de tristesse et d'amour; c'est dans nos tristesses que nous désirons le plus posséder la vérité pour qu'elle nous soit un refuge, et c'est par l'amour que nous la trouvons, car elle n'est pas chose qui se démontre.

Aussi je vous dirai : louez votre souffrance, n'en prenez pas de découragement. Votre mélancolie est plus noble et plus utile qu'aucune alacrité. Quelle que soit votre répugnance à l'admettre, croyez bien que jamais vous n'avez rien éprouvé d'aussi précieux que vos grandes tristesses de jeune veuve amoureuse. Jamais votre sentiment ne fut aussi épuré de vulgarité, aussi proche d'un sentiment religieux. Non, rien ne vous pouvait être plus fécond que votre deuil, sinon peut-être les profondes amertumes que vous eussiez connues au soir de vos jours d'amour, si vos désirs avaient été mêlés de jalousie.

Les jouissances de l'amour n'augmentent guère l'individu; le plus net d'elles profite à l'espèce. Peut-être l'amour heureux s'épanouit-il en vertus physiques et morales chez les descendants, mais les amants n'en gardent que le vague souvenir d'un incident peu qualifié. Les souffrances d'amour, au contraire, marquent ceux qui les supportent, au point que quelques-uns en sortent méconnaissables; elles décantent [nos sentiments, fécondent des cellules jusqu'alors stériles de notre moelle, et nous poussent aux émotions religieuses.

Tes lèvres pâlies de chagrin dans ton visage incliné, la désolation de ton regard, tandis que tu soutiens entre tes douces mains, — entre ces mains qui participèrent à tant de caresses, — le corps de M. de Transe, toute cette image que j'ai de toi sous mes paupières, me sont, ô ma chère madone, un plus enivrant spectacle que tu ne lui fus jamais quand tu te pâmais dans ses bras. Et ce jeune homme même, qui n'était qu'un oisif élégant, par sa mort devient un admirable appui à notre exaltation; la beauté et la noblesse sans ombre ne vêtirent jamais un vivant, mais qui les contesterait à celui qui repose ayant pour oreiller ton cœur!

Cet enseignement de la méthode, des plaisirs et des devoirs de Bérénice, je le dessèche
pour l'exposer selon les procédés scolasti-
ques, mais il se mêlait vivant et épars à tous
les circuits de nos longues promenades. Que
goûtiez-vous, dira-t-on, sur cette terre sèche
avec de si sèches idéologies ? La plus prodigieuse exaltation d'esprit.

Ne la preniez-vous jamais dans vos bras ?
Vulgaire imagination ! D'ordinaire, les hommes sont si peu capables de donner une
solution à notre haut problème de méthode,
concilier la complexité des sentiments et
leur unité, qu'ils n'entendent même pas que

l'ardeur des sens et l'amour sont des passions
distinctes, fort séparables. Elles sont réunies
au plus bas de la série des êtres ; d'accord !
mais c'est que chez les plantes et chez les
pauvres animaux des premières étapes toutes
les fonctions sont mal différenciées. Comment
l'homme affiné s'entêterait-il dans cette
grossière simplification ? Très souvent, c'est
l'empêchement où nous sommes de charger
notre train de maison qui nous force à demander ces satisfactions à un même objet. Mais
pour ces fonction délicates, peut-on trouver
un bon Maître Jacques ! Que d'autres procè-
dent par élaguement ; qu'ils satisfassent leurs
sens et suppriment l'amour ; je me chéris trop
pour me priver d'aucun plaisir. Seulement, à
Bérénice, ce que je demande, ce n'est pas le
petit corps, d'ailleurs fort élégant, qu'on lui

voit, mais sa puissance de se concentrer, son sentiment du passé, tout ce misérable et charmant instinct qui m'avertit mieux qu'aucun naturaliste des véritables lois de la vie.

Le meilleur usage que je pus tirer d'elle, c'était bien nos heures de pédagogie, alors que je raisonnais en les élargissant tous les mouvements de cette petite âme qui ne peut rien dissimuler.

« Quel sentiment avez-vous pour moi? » me demandait-elle un jour, avec son sourire un peu triste, dont elle avait assurément remarqué qu'il accompagnait toujours avec avantage ce genre de question. « De l'inclination, » lui répondis-je, étonné moi-même de trouver sans hésitation le mot exact, celui qui convient tout à fait au sentiment

qui m'incline sur elle pour y saisir les lois
mystérieuses de la vie, la bonne méthode.

Admirable soirée, celle où je lui dis
ce mot! Comme elle résume dans mon souvenir toute cette phase de ma vie ! La plaine
était désolée et sèche sous le soleil couchant
et nous la traversions après une longue conversation aride et fièvreuse. Pourtant, notre
discours pas un instant n'avait été sans
grâce; le genre de Bérénice, qui tout de même
est Petite-Secousse, ne permet pas que notre
pédagogie glisse jamais à la pédanterie. Et
la terre avait aussi son charme, car ces
doux hivers du Midi mettent des mollesses
de Bretagne sous le ciel abaissé d'Aigues-
Mortes. Telle était cette lande et tel
notre débat qu'il me semblait que nous
revenions d'une promenade sur l'empla-

cement de la forêt des Ardennes défrichée.

A petits pas nous rentrions à Rosemonde; elle n'avait pas de fleurs dans ses mains, et moi de notre course je ne rapportais non plus aucune notion. Mais au sang de ses veines s'était mêlé plus de soleil, plus de sel marin, plus du parfum des fleurs, et en moi s'était rafraîchi l'instinct, la force vive qui produit les hommes.

Et si, dans ce couchant, elle se chagrinait légèrement que je ne ressentisse pour elle que de l'inclination, elle n'en goûtait que plus de volupté à caresser le souvenir de M. de Transe. Dès lors je l'aimais davantage, cette chère petite veuve, puisque c'est en cette piété que nous nous rejoignons; et elle-même, à se sentir si dépourvue, eût voulu se serrer plus fortement contre moi,

car n'est-ce pas son isolement qui la fait
se complaire sous ma tendre direction ?

Sa chère tristesse, ses douces mains vides,
voilà mon précieux trésor.

CHAPITRE HUITIÈME

LE VOYAGE A PARIS ET LA GRANDE RÉPÉTITION
SOUS LES YEUX DE SIMON

Dans ce temps-là, j'eus à parler au général Boulanger. Pour distraire Bérénice, je la décidai à m'accompagner, et j'écrivis à mon ami Simon de nous rejoindre à Paris. Depuis quelque temps, je désirais vivement les rapprocher l'un de l'autre. Quoi de plus piquant que d'essayer, dans une même soirée, ces deux compagnons, que je pourrais nommer les deux meilleurs trapèzes de ma gymnastique morale, les plus belles raquettes qu'ait trouvées mon imagination !

Après l'expérience de Saint-Germain,

Simon s'était retiré dans la propriété de ses
parents. Depuis huit mois, il y vivait en
hobereau, s'appliquant à acquérir les tics du
chasseur et du propriétaire, se composant,
pour tout dire, cette même tête de vieux
philippiste anglomane qu'il supportait si
impatiemment chez ses voisins. Contradiction qu'il justifiait par le raisonnement suivant : « Moi, disait-il, je me fais hobereau
après avoir médité sur les autres vies et
parce que c'est encore de celle-ci que s'ac-
commode le mieux mon dégoût d'effort et ma
pénurie d'argent; mes parents, au contraire,
et mes voisins ne sont dans ces manies que
par ignorance de ces curiosités variées dont
ils professent tant de dédain. Ce qui résulte
chez moi d'une large compréhension, chez
eux n'est qu'étroitesse d'esprit. »

Vous avez reconnu là une application ru-
rale de notre axiome essentiel : « Les actes
ne sont rien, la méthode qui nous y amène
est tout. » Simon avait toujours une excellente
philosophie.

Aux champs, elle gâtait ses plaisirs : en
ce sens que, même à la chasse, il pensait, et
ses idées lui étaient si fort ressassées qu'elles
l'écœuraient et que la chasse elle-même lui
devint un temps de dégoût. On conçoit que
mon invitation lui agréa.

A Paris, la tristesse de ma Bérénice s'ac-
centua au point que cette petite fille devint
capricieuse ; la vie d'hôtel a des fatigues ex-
cessives pour une jeune femme déshabituée
de notre civilisation parisienne sans confortable. Et puis, cette sécheresse, cette hâte
des grandes villes, comment ne froisseraient-
elles pas des regrets amoureux auxquels la
brume des étangs d'Aigues-Mortes avait été
un liniment et un feutrage contre la vie.

Le jour de l'important dîner que je vais
raconter, nous avions passé notre après-midi,
Bérénice et moi, dans les magasins, où j'aurais voulu lui faire plaisir, mais l'extrême
indécision de nos caractères nous laissait
l'un et l'autre dans le plus pénible énerve-

ment. Le soir tombait, une fin de novembre pleine d'humidité, quand au milieu de Paris, soudain attristé de gaz, nous sortions de chez les couturières ; que de regrets n'emportait-elle pas? Alors, sous la fatigue et à cause du crépuscule, elle demeurait dans un mutisme qui n'était pas bouderie, mais la souffrance d'un pauvre animal, mêlée de défaillance physique et de regrets obscurs. Petite fille qui se figure s'être tant amusée avec celui qui est mort!

Et moi, j'aurais aimé la prendre doucement dans mes bras et lui dire : « Ne proteste pas contre ton souvenir, aime l'image de celui qui est mort, donne-toi à cette image jusqu'à satiété, pleure et je m'attristerai à ton côté, de regret pour tout ce que je ne puis posséder. Tu es douce, sincère

et chagrinée, je te goûte, petite amie, mais je
suis trop maladroit pour caresser ton instinct
dont j'ai une si grande curiosité ; parle du
moins, parle beaucoup et tu croiras vivre. »

Simon, arrivé dans la journée, nous avait
priés à dîner aux Champs-Élysées. L'heure
était venue de nous rendre à ce passionnant
rendez-vous.

Quand le garçon nous ouvrit le cabinet où
Simon nous attendait, ce véritable ami eut
son geste sec et nerveux qui est à la fois d'un
demi-épileptique et d'un cabotin de névrose,
comme le deviennent en quelque mesure
tous les analystes ; puis nous prîmes plaisir
à rire en nous regardant, car Simon et moi
véritablement nous nous sommes organisés
dans la vie des fêtes très particulières, et

le bouquet de tous ces vins bus, évoqué par notre rencontre, nous remplissait dès ce premier abord d'une délicieuse ivresse. Cependant, il lançait sur Bérénice un regard d'amateur sympathique dont la conviction me parut une complaisance délicate de ce vieil idéologue.

Mais déjà, laissant le garçon soumettre le menu à Bérénice, nous rentrions de plain-pied dans notre domaine métaphysique, et Simon avec feu s'informait de l'atmosphère morale que me fait ma spécialité actuelle.

Ces deux minutes nous avaient suffi pour constater que nos sourires, que nous guettions, ont gardé cette lumière qui jadis nous désigna l'un à l'autre.

Simon a véritablement le sens de la géographie des âmes : il sait dans quelle région

intellectuelle je suis situé. Pas un instant il
n'a admis que je fisse de *l'action*, au sens
qu'ils opposent à *contemplation*. Dans la
retraite de Saint-Germain, il se le rappelle,
nous coupions nos fortes méditations par des
parties de raquettes; de même, je m'accom-
mode, comme d'une détente hygiénique, de
faire méthodiquement et sans plus discuter
qu'un militaire, ce que la politique comporte
de démarches ; mais l'important, c'était de
jeter du charbon sous ma sensibilité qui
commençait à fonctionner mollement.

— Tu sais, lui-dis-je, que ma méthode de
culture est de créer des sentimentalités nouvelles pour les projeter sur mon univers qui
se fane à l'usage avec une prodigieuse rapidité. J'ai essayé ces temps-ci le contact avec

les groupes humains, avec les âmes nationales, et ce que j'en ai tiré, tu le verras, dépasse singulièrement toute prévision. Mais organiser des comités, donner audience, polémiquer, ce sont besognes où je ne mets que la partie de moi-même qui m'est commune avec le reste des hommes. C'est ainsi que j'imagine très bien un Spinosa, un saint Thomas d'Aquin, employés tant d'heures par jour dans un greffe, sans rien y compromettre de ce qui leur est essentiel. De ces conditions inévitables de ma poursuite, je n'emporte que des impressions fort superficielles; au plus pourraient-elles me fournir des plaisanteries de conversation, si d'ailleurs je ne jugeais oiseux ce genre là.

— Fort bien, me dit Simon, tu as excellemment posé ton attitude. Mais dis-moi maintenant quelle réaction produit sur ton vrai moi ta nouvelle gymnastique.

A peine lui répondais-je que, sur mes premiers mots, il m'arrêta...

... Un formidable malentendu se révélait entre nous. Ne croyait-il pas que je visitais les hommes importants de la région, grands propriétaires, chefs d'usine, notaires! Quand je lui eus affirmé que je me souciais du peuple seul, de la masse, il n'en revenait pas.

Il se tourna vers Bérénice pour lui demander son appui.

— Enfin, m'objectait-il avec une fâcheuse âpreté, que les dirigeants soient d'esprit grossier, sans désintéressement, je l'accorde, mais au moins ce sont gens qui se lavent !

Il montrait peu de délicatesse à surprendre ainsi l'appui de Bérénice, qui réellement n'est pas éclairée sur la question, et j'en fus si froissé que je fis devant elle ce que toujours je considérai comme une inconvenance: dès le potage, je m'exprimai en termes abstraits.

Aussi bien n'était-il pas essentiel d'arrêter net Simon qui parlait presque comme un Charles Martin !

— Tu viens de juger, lui dis-je, avec ce que tu as d'inférieur ; tu as consenti à avoir du peuple une perception sensible, toi, si mal doué (comme moi d'ailleurs) pour ce qui est des yeux ! Ne sais-tu pas que si tu étais peintre, tu le trouverais pittoresque, au contraire. Que chacun se construise son univers avec ses moyens ! rentrons dans notre do-

maine, qui n'est pas le pire; il nous appartient
de juger les choses *sub specie æternitatis*,
nous avons la propriété de sentir ce qui est
éternel dans les êtres. Ne rougirais-tu pas
d'avoir raillé la misère de saint Labre? Je
t'en permets des quolibets de concession
mondaine, mais devant toi-même reconnais
la magnificence de cet homme qui se renon-
çait. C'est essentiellement ce que toi et moi
appelons un bonhomme propre. Du même
point de vue, mais avec un horizon infiniment plus large, ne discernes-tu pas quel
trésor somptueux est l'âme populaire?

Elle a le dépôt des vertus du passé, et
garde la tradition de la race; en elle, comme
dans un creuset où tout acte dégage sa part
d'immortalité, l'avenir se prépare. Vou-
drais-tu la juger sur un peu de poussière

et quelque sueur dont la couvre un pareil labeur?

Ah! mon cher Simon, que ne sommes-nous dans le triste jardin de Rosemonde! Comme certains soirs d'automne, mieux qu'aucun soir, exaspèrent la senteur des tilleuls, ce décor qui ne laisse subsister que des idées graves met en valeur les vertus de Bérénice, mieux qu'aucun lieu du monde. Parfois, par un simple geste, cette jeune femme me découvre, sur la vie profonde et le sentiment des masses, des aperçus plus sérieux que n'en mentionnent les enquêtes des spécialistes, les programmes des politiciens et les vœux des réunions publiques.

Viens à Aigues-Mortes, dans son étroit jardin qui ne voit pas la mer. Les murailles closes, cette tour Constance qui n'a plus

qu'à garder ses souvenirs, cette plaine féconde seulement en rêves mettent ma Bérénice dans sa vraie lumière, — comme
l'oiseau du Paradis n'est vraiment le plus
beau des oiseaux que sur les branches suin-
tant de chaleur des mornes forêts du Brésil.
Et ses animaux eux-mêmes, de qui son chagrin se plaît à égayer les humbles vies, s'accordent avec elle, avec ces landes, avec ces
dures archéologies, et tous se donnent un
sens dont je me suis nourri.

Ah ! Simon, si tu étais là et que tu visses
Bérénice, ses canards et son âne échangeant,
celle-là, des mots sans suite, ceux-ci, des cris
désordonnés d'enfants et ce dernier, de longs
braiements, témoignant chacun d'un violen
effort pour se créer un langage commun et
se prouvant leurs sympathies par tous les

frissons caressants de leurs corps, tu serais touché jusqu'aux larmes. Isolées dans l'immense obscurité que leur est la vie, ces petites choses s'efforçent hors de leur défiance héréditaire. Un désir les porte de créer entre eux tous une harmonie plus haute que n'est aucun de leurs individus.

Viens à Aigues-Mortes et tu découvriras entre ce paysage, ces animaux et ma Bérénice des points de contact, une part commune. Il t'apparaîtra qu'avec des formes si variées, ils sont tous en quelque façon des frères : des réceptacles qui mourront de l'âme éternelle du monde. Ame secrète en eux et pourtant de grande action. Je me suis mis à leur école, car j'ai reconnu que cet effort dans lequel tous ces êtres s'accordent avec des mœurs si opposées, c'est cette pour-

suite même, mon cher Simon, dont nous nous
enorgueillissons, poursuite vers quelque
chose qui n'existe pas encore. Ils tendent
comme nous à la perfection.

Ainsi, ce que j'ai découvert dans le misérable jardin d'une petite fille, ce sont les
assises profondes de l'univers, le désir qui
nous anime tous !

Ces canards, mystères dédaignés, qui navi-
guent tout le jour sur les petits étangs et ve-
naient me presser affectueusement à l'heure
des repas, et cet âne, mystère douloureux qui
me jetait son cri délirant à la face, puis, s'ar-
rêtant net, contemplait le paysage avec les
plus beaux yeux des grandes amoureuses, et
cet autre mystère mélancolique, Bérénice,
qu'ils entourent, expriment une angoisse, une
tristesse sans borne vers un état de bonheur

dont ils se composent une imagination bien confuse, qu'ils placent parfois dans le passé, faisant de leur désir un regret, mais qui est en réalité le degré supérieur au leur dans l'échelle des êtres. C'est la même excitation qui nous poussait, toi et moi, Simon, à passer d'une perception à une autre. Oui, cette force qui s'agite en nos veines, ce moi absolu qui tend à sourdre dans le moi déplorable que je suis', cette inquiétude perpétuelle qui est la condition de notre perpétuel devenir, ils la connaissent comme nous, les humbles compagnons que promène Bérénice sur la lande. En chacun est un être supérieur qui veut se réaliser.

La tristesse de tous ces êtres privés de la beauté qu'ils désirent, et aussi léur courage à la poursuivre les parent d'un charme qui fait de cette terre étroite la plus féconde chapelle de méditation. Sous cette diversité de ruines, de landes, d'animaux et de jeune femme, un diamant luit, qui m'éclaire l'harmonie de ce petit coin et qui m'éclairera le monde.

Cette lumière cachée, c'est l'inconscient, c'est le feu qui entretient l'univers de toute éternité.

Je ne pouvais mieux le percevoir que dans cette campagne dénudée d'Aigues-Mortes où, les choses fugitives étant rares, il semble que nous soyons moins détournés de l'essentiel. Dans cette région de sel, de sable et d'eau, où la nature plus dure, moins abondante qu'ailleurs, semble se prêter plus complaisamment à l'observation, comme un prestidigitateur qui décompose lentement

ses exercices et simplifie ses trucs pour
qu'on les comprenne, cette petite fille toute
d'instinct, ces animaux très encouragés à se
faire connaître, m'ont révélé le grand ressort
du monde, son secret.

Combien la beauté particulière de cette
contrée nous offrait les conditions d'un parfait laboratoire, il semble que tous parfois
nous le reconnaissions, car il y avait des
heures, au lent coucher du soleil sur ces
étangs, que les bêtes, Bérénice et moi, derrière les glaces de notre villa, étions rem-
plis d'une silencieuse mélancolie.....

Mélancolie ou plutôt stupeur ! devant cet
abîme de l'inconscient qui soudain s'ouvrait à
l'infini devant moi. Réservoir et laboratoire,
rien n'a existé qui n'y retourne ; il se souvient
de tout et tout ce qui vivra s'y prépare. Je suis

12

sur cet océan une vague, balancée entre un troupeau illimité de vagues, et trouble comme elles. A peine la lumière pénètre-t-elle une frange légère de la masse que je suis; c'est cette petite écume chatoyante qui jusqu'alors avait suffi à ma frivolité, pour que je me crusse moins obscur et moins secret que le vulgaire des êtres. Bien superficielle, pourtant, cette clairvoyance! En m'approchant des simples, j'ai vu comment sous chacun de mes actes à l'activité consciente collabore une activité inconsciente, et celle-ci est la même qu'on voit chez les animaux et chez les plantes; je lui ai simplement ajouté la réflexion...

Tu souris, Simon, du mot *simplement*... Il te semble que la puissance de notre réflexion est une grande chose! Petite agitation en vérité auprès de l'omniscience et de l'omnipotence que manifeste dans sa lenteur l'inconscient !

Avec le seul secours de l'inconscient, les animaux prospèrent dans la vie et montent en grade, tandis que notre raison, qui perpétuellement s'égare, est par essence incapable de faciliter en rien l'aboutissement de l'être supérieur que nous sommes en train de devenir et qu'elle ne peut même pas soupçonner. C'est l'instinct, bien supérieur à l'analyse, qui fait l'avenir. C'est lui seul qui domine les parties inexplorées de mon être, lui seul qui me mettra à même de substituer au moi que je parais le moi auquel je m'achemine, les yeux bandés.

Sans doute, dans la suite j'appliquerai ma clairvoyance à cet état qu'il m'aura

conquis. De tous les échelons où l'inconscient nous transporte, nous prenons un plus
vaste horizon du monde. Ah! vienne l'instant
où il m'aura avancé si haut dans l'échelle des
êtres que j'embrasserai l'univers et que j'en
prendrai conscience! Alors j'aurai atteint
à ce moi complet qui est mon principe
et ma fin, le but et l'impulsion de ma culture. Je serai l'absolu conscient, je serai
Dieu!

   ... . Voilà ce que m'ont enseigné ces
hommes grossiers, ces ignorants que tu
t'étonnes de me voir fréquenter. Ils sont de
sublimes professeurs, bien qu'ils ne se possèdent pas eux-mêmes. Chacun d'eux représente une des étapes de mon âme le long
des siècles. Je me suis penché sur eux, comme
sur un pays que j'aurais gravi par une nuit

sans lune et sans en garder rien que de con-
fuses images.

Comment pouvais-tu croire qu'à ces masses
d'une telle fierté créatrice, désintéressées,
spontanées, je préférerais la médiocrité des
salons, la demi-culture des bacheliers ! Je
vois bien que tu ne connais pas l' « Adversaire » ! Pour le mieux, de telles gens peuvent
me communiquer des faits, quelques notions
parfois exactes ; le peuple me donne une âme,
la sienne, la mienne, celle de l'humanité !

J'entends bien l'objection où tu te réfugies :

« Que tu ne sois allé ni au salon, ni à la
brasserie, soit ! » me diras-tu. « Mais pourquoi aller au peuple ? Pourquoi ne pas rester
parmi les hommes de culture, de haute clairvoyance ? »

Pour tout dire, tu supportes malaisément
que je fasse aussi bon marché de notre éducation de Jersey.

Eh ! qu'avais-je appris de ces saints divers,
le Benjamin Constant du Palais-Royal, le
jeune Sainte-Beuve et quelques autres familiers de notre institution ? J'avais reconnu
chez eux, et avec plus de netteté que sur
moi-même, quelques-unes de mes particula-
rités. Tel un jeune employé du Louvre,
lisant Alfred de Musset, se fait une vue plus
claire de l'ardeur, ivresse ou jalousie, qui
l'agitèrent le dimanche passé auprès de sa
maîtresse. Mais quoi ! ces analystes ne me
parlaient que de mes excès, se limitaient à
m'éclairer sur les pousses extrêmes de ma
sensibilité ; ils m'eussent perdu dans la
minutie.

Sans doute, à étudier l'âme lorraine puis le développement de la civilisation vénitienne, je compris quel moment je représentais dans le développement de ma race, je vis que je n'étais qu'un instant d'une longue culture, un geste entre mille gestes d'une force qui m'a précédé et qui me survivra. Mais la Lorraine et Venise m'enfermaient encore dans des groupes, ne me laissaient pas sortir de ma famille, pourrais-je dire. Seules les masses m'ont fait toucher les assises de l'humanité.

Je n'avais su dans l'étude de mon moi pénétrer plus loin que mes qualités ; le peuple m'a révélé la substance humaine, et mieux que cela, l'énergie créatrice, la sève du monde, l'inconscient.

Toutefois j'aurais pu parler dans les comités, dans les réunions, suffire à toute l'activité d'un politicien, sans rien soupçonner de ces forces spontanées et secrètes. Mes sens furent affinés dans l'atmosphère de Bérénice.

Regarde ma chère Bérénice, sa grâce, sa douceur. Les femmes adoucissent notre âpreté nerveuse, notre individualisme excessif; elles nous font rentrer dans la race. Le fàcheux est que trop souvent nous négligeons d'utiliser pour notre culture morale l'émotion qu'elles répandent dans nos veines. Mais, je t'en prie, observe Bérénice, cette petite chose, cette curieuse construction. En voilà une qui sait utiliser la sève de l'humanité. L'as-tu examinée à la loupe ? Quel effort ! Certes elle ne se connaît guère. Et comment se posséderait-elle ? Elle ne se regarde même pas. C'est une enfant aveugle,

emportée par les forces secrètes de son
âme. Interroge-la donc. Elle ne te parlera
que de M. de Transe; elle croit regretter
le passé; simplement dans un effort douloureux elle enfante quelque chose qui sera
mieux qu'elle. Par cette tension que lui
donnent son chagrin et son regret sans réalité, elle atteint un objet qu'elle n'a pas visé.
Ah ! c'est bien elle, la chère petite fille, qui
m'a aidé à comprendre la méthode créatrice
des masses, de l'homme spontané !

Alors, pour convaincre Simon, je me retourne vers Bérénice et je lui rappelle nos
bonnes soirées d'Aigues-Mortes, où si souvent je me suis approché de sa bouche, pour
qu'elle me parle avec une intimité plus
tendre de M. de Transe, que j'aime en elle

et n'ai pas connu. Les deux syllabes de ce nom qui déchire son âme et qu'elle répète avec un indicible chagrin de petite bête malade retentissent profondément dans son cœur, d'autant que ce long débat, ces fortes critiques l'ont accablée, elle, si fine. Son œil absent, chargé de chagrin, me le dit. Son esprit est ailleurs. Il vague là-bas où elle se figure avoir eu l'âme satisfaite; les plus secs témoignages du passé sont pour elle d'inépuisables fontaines de souvenirs. Là-bas, avec une sorte de frénésie triste, elle se serrait contre moi, qui suis pourtant un confident bien peu tendre, mais elle accapare au milieu du vaste spectacle des choses les moindres éléments qui peuvent fortifier son rêve. N'y viendras-tu jamais, Simon, dans le jardin de ma Bérénice, où me fut une nouvelle vision de l'univers !

« Dans ce jardin, te dira-t-elle, j'ai connu le bonheur parfait, » et elle jugera qu'elle te le prouve abondamment en te montrant ses babioles d'amoureuse, puis ses pleurs. Du moins tu pourras admirer qu'une si petite créature ait un tel ressort pour désirer le bonheur, une pareille puissance de parer le monde des vapeurs de son désir.

Simon et moi, en allumant nos cigares, nous nous plûmes alors à causer avec elle, qui possède, à un degré extrême, l'imagination représentative ; et les scènes que nous évoquions, elle les sentait vivantes. Je lui faisais un éloge exalté de François de Transe. J'en vins même à lui reprocher, avec une réelle amertume, ce qu'elle m'avait avoué un jour,

par mégarde, au détour d'une histoire:
d'avoir voulu le quitter. Et ses nerfs étaient
montés au point qu'elle se prit à pleurer.

Très visiblement, Simon avait compris les
raisons de mon profond intérêt pour les
masses et en quoi Bérénice m'est un sujet
excellent pour m'édifier sur la psychologie
de l'humanité se développant sans le consen-
tement de l'âme individuelle. Je déclarai donc
la séance close ; toutefois, désireux de méditer
encore avec Simon, je m'autorisai de l'abat-
tement que faisait voir Bérénice pour la
mettre en voiture.

— Hein, dis-je à Simon, la vie a-t-elle des
dessous assez abondants ? Tu vois comme
j'ai déshabillé devant toi Bérénice. Cela t'a

fait le même effet de pitié et d'âpre curiosité
que si on avait écrasé sous tes yeux la patte
d'un chien. Eh bien ! la misère universelle de
l'humanité s'épuisant vers le mieux retentit
en moi de cette façon-là.

Comprends-tu, ajoutai-je, car j'étais plein
de mon sujet, combien je suis heureux de
dévêtir auprès d'elle mon personnage habituel d'indifférence et d'impertinence pour
être irréfléchi. Si tu savais combien j'aime
les naïfs, ceux qui me disent des choses dont
je rirais si j'avais à en parler en conversation.
As-tu jamais soupçonné que ma sécheresse
n'était que du dégoût pour le manque de
désintéressement que je vois partout et pour
la frivolité. Mais ceux qui ne raillent jamais,
les gobeurs, si tu savais comme je les aime,
ceux-là ! Si tu savais comme je me sens le

frère des petites filles qui, avec une grande fortune, de beaux cheveux et connaissant déjà le monde, entrent au couvent. Bérénice, tiens, en réalité, je m'agenouille devant sa simplicité.

— Eh ! me dit-il, elle est un peu maigre !

— Simon ! lui répondis-je avec vivacité, chaque jour un écart plus grand se fait entre nous. Parfois je me demande si jamais, d'un sentiment sincère, tu as aimé la souffrance.

— Tu as de la chance, me répliqua-t-il, tu es tout à fait dans le ton pour goûter Saint-Trophime.

A cette réflexion très juste sur mon état d'esprit, je vis bien que Simon comprenait encore ce qu'est la vie intérieure, mais il ne croit plus qu'aux satisfactions de choses.

Pour ce qui est des variétés de l'idéalisme, il ne sympathise plus, il classe. C'est là que j'avais été sur le point d'en arriver, quand mon cœur n'avait pas d'autre maître que moi-même. Je l'ai prêté à cette petite mendiante d'affection pour qu'elle me le rafraîchît entre ses mains.

A la campagne, Simon avait pris l'habitude de faire un tour après son repas, quel que fût le temps (j'ai déjà indiqué sa tendance à la congestion), moi-même j'étais très échauffé par ma démonstration, nous décidâmes de regagner à pied notre hôtel. Il m'accompagna jusqu'à la chambre de Bérénice, de qui je tenais à prendre des nouvelles avant de me coucher. Là, nous échangeâmes encore quelques mots:

—Enfin, disais-je à Simon, près de la porte entrebâillée, si j'en croyais le témoignage de mes sens, elle m'aimerait, car elle est prête à se donner à moi; or, je sais qu'il n'en est rien.

Tout d'abord, il ne me comprit guère, puis :

— Chut ! me dit-il en se frottant les yeux, parle plus bas, tu blesserais sa délicatesse.

— Pas de subterfuge, m'écriai-je; avoue qu'en réalité tu n'as jamais aimé que Spencer, tu fais prédominer le rationalisme... Peut-être vas-tu historiquement jusqu'à regretter que la France n'ait pas accepté le protestantisme...

Il me déclara qu'il se sentait réellement fatigué.

— Simon, lui dis-je avec amertume, je

croyais que j'aurais plus de plaisir à te revoir.

J'entrai chez Bérénice et je trouvai la lampe encore allumée. Comment m'allait-elle recevoir ? Ah ! cette tristesse de s'endormir près d'une lampe qui semble attendre ! A côté d'elle étaient des biscuits et une bouteille de Bourgogne vidée. Cela me fit sourire ; cette enfant adorait le bon vin après les émotions. Ai-je tort de la tenir pour une incarnation de l'âme populaire ? Elle ouvrit les yeux avec un joli sourire d'animal reposé ; il semblait qu'elle eût laissé toute sa bouderie dans son sommeil et qu'elle s'éveillât à une vie nouvelle. Alors nous nous mîmes à bavarder et par une pente irrésistible la conversation revint sur celui que nous aimons, sur M. de Transe. Aussitôt toute ma sensibilité s'intéressait à la conversation, mais, elle,

13

cette fois, parlait de lui avec joie, riait des bons tours qu'ils avaient faits ensemble.

Ah ! qu'elle jouisse du bonheur dans la mort, l'aïeule qui t'a fait la naïveté de tes yeux et t'a mis au cœur tant de gravité !

CHAPITRE NEUVIEME

LE CHAPITRE DES DÉFAILLANCES

LES MIENNES. — ON NE RIVE PAS SON CLOU A L'ADVERSAIRE. DÉFAILLANCE SINGULIÈRE DE BÉRÉNICE

Dès mon retour à Arles, l'action électorale commença. Nous organisions chaque
semaine des réunions sur quelque point de
la circonscription, et je ne manquai jamais
de me rendre à celles de nos adversaires.
Souvent j'étais rappelé d'Aigues-Mortes par
dépêche.

Un soir, je quittai en hâte Bérénice, et
comme je marchais dans la nuit, le long des
grandes murailles, vers la gare, trois petites
filles me précédaient qui chantaient d'une

voix douce et qui pourtant va loin sur la plaine, d'une voix qui va jusqu'à mon cœur.

...Que de fois ailleurs je l'ai entendue, cette chanson ! Mais pourquoi ce soir me décourage-t-elle... ? J'irai jusqu'au bout de la pensée qui m'attristait : les landes de ce pays pour moi n'eurent jamais de mirages ; elles ne font apparaître qu'à d'autres les princesses des Baux. Huguette, Sibylle, Blanchefleur et Baussette, me disais-je, pourquoi les herbes de la Crau ne m'ont-elles pas conservé l'odeur de vos corps exquis? ou plutôt pourquoi donner mes belles soirées à de grossières tâches?

C'est sur les canaux de Venise, dans les faubourgs de cette ruine somptueuse que, pour la première fois, j'entendis cette cadence que me répètent trois pauvres enfants. Soirées divines, celles-là ! Saturé de toute sensualité, mes yeux, mes oreilles gorgés de splendeurs au point que dans cette abondance ils ne pouvaient plus rien percevoir, je pris conscience de l'essentiel de moi-même, de la part d'éternité dont j'ai le dépôt. Saurai-je jamais les exalter assez haut par-dessus toutes mes heures, ces jours d'âcreté et de manie mystique où, jusqu'alors simple coureur amusé de choses d'art, je sentis la beauté abstraite sur les Fondamenta Zattere, en face de cette église de Palladio, qui, par un effet contraire au métaphysicien Gœthe, révéla la beauté classique ?

O mon cher Rousseau, mon Jean-Jacques, vous, l'homme du monde que j'ai le plus aimé et célébré sous vingt pseudonymes, vous, un autre moi-même, vous les avez

connus à l'île de Bienne, au milieu du lac de
Saint-Pierre, cette haine des vivants, ces
longues solitudes avec la peur de rencontrer
des hommes, ces instants où l'on se cir-
conscrit en soi, ne percevant rien que le
sentiment de son existence ; vous fussiez-
vous soumis aux conditions de la tâche que
m'impose la culture méthodique de mon
moi ?

Pourtant, mon but n'est pas à désavouer.
Aigues-Mortes, qui est une Venise plus avan-
cée dans son développement, une lagune
morte comme il arrivera des lagunes de
l'Adriatique, détermine une évolution supérieure de mon moi. La qualité à l'acquisition
de quoi je contribue ce soir me sera plus précieuse qu'aucune. Ce que je veux, c'est collabo-
rer à quelque chose qui me survive. Il ne faut

pas qu'un seul instant je perde la claire vision de ma tâche, et sa dignité doit me soutenir contre mes défaillances.

Alors, songeant quelle est ma supériorité, puisque j'ai la compréhension de tous les appétits et qu'au contraire nul ne 'peut comprendre mes motifs, j'entrai dans la salle pleine de fureur.

Or, les incidents qui s'y passèrent ce soir-là n'étant pas caractéristiques, puisqu'ils sont communs à toutes les réunions, ni généraux, car ils ne signifient rien d'essentiel à la race, ne méritent pas que nous nous y arrêtions.

Le lendemain, j'ai rencontré l'adversaire, qui me parle de mes réunions : « Cela doit bien vous ennuyer ! » Je l'assure que je me plais plus avec les travailleurs du peuple, que dans un salon d'Arles ou au café.

— Mais enfin, qu'y a-t-il de commun entre vous et un ouvrier?

— Les différences sont en effet sensibles, moins fortes toutefois qu'entre le tour d'esprit d'un fonctionnaire par exemple et le mien. Mais vous commettez une erreur où je tombais dans les premiers temps. En causant avec des électeurs d'une certaine classe, pris individuellement, je croyais avoir affaire au peuple; cela est faux. Les hommes réunis par une passion commune créent une âme, mais aucun d'eux n'est une partie de cette âme. Chacun la possède en soi, mais ne se la connaît même pas ; c'est seulement dans l'atmosphère d'une grande réunion, au contact de passions qui fortifient la sienne, que, s'oubliant lui et ses petites réflexions, il permet à son inconscient de se développer. De la somme de ces inconscients naît l'âme populaire. Pour la créer, seuls valent des ouvriers, des gens du peuple, plus spontanés, moins liés de petits intérêts que des esprits réfléchis. Elle est analogue à chacun de ceux qui la composent, et n'est identique à aucun. Elle dépasse tout individu en énergie, en sagesse, en sens vital. Ce qu'elle décide spontanément ce sont les conditions nécessaires de la vie.

L'adversaire s'est mis à rire. Et du ton
d'un homme qui a passé des examens :

— Croyez-vous qu'une foule trouve une
solution algébrique?

— Il ne s'agit pas de cette sagesse-là, mais
de vivre. Un arbre, sans rien soupçonner des
belles théories de l'École forestière, sait mieux
qu'aucun garde général quand il doit se développer, dans quel sens, selon quelle forme.
C'est le secret de la vie que trouve spontanément la foule.

— Voilà bien de la philosophie, dit Martin
en secouant la tête, mais comment un philosophe traite-t-il ou laisse-t-il traiter avec
tant d'âpreté ses adversaires? Par quel biais
vous prêtez-vous à faire votre partie dans le
concert des injures, vous qui vous piquez de

comprendre toutes les opinions et de dégager ce qu'il y a de légitime dans chaque manière de 'voir?

— Raisonnons, lui dis-je, et vous comprendrez que si un peu de philosophie éloigne du ton ordinaire de la polémique, beaucoup y ramène.

Dans ses éléments en effet la philosophie nous enseigne que ni vous ni moi ne sommes la vérité complète, et nous engage ainsi à une grande modestie l'un envers l'autre. Mais poursuivons le raisonnement des maîtres : « Personne, disent-ils, n'est la vérité complète, tous nous en sommes des aspects. » Donc si l'un de nous n'existait pas, un des aspects de la vérité manquant, la vérité complète ne serait plus concevable. Ainsi faut-il que je satisfasse à toutes les con-

ditions de mon individualisme, parmi lesquelles une des plus impérieuses est que je
vous nie.

Mais voici mieux encore : en admettant la
méchanceté et la mauvaise foi de mes adversaires (ce qui est le thème ordinaire de toute
polémique), je fais une hypothèse très précieuse et bien conforme à la méthode indiquée
par Descartes dans ses *Principes*, par Kant
dans sa *Critique de la raison pure*, et par Au-
guste Comte, qui vous touche peut-être davantage, dans son *Cours de philosophie positive*.
La science, en effet, admet couramment
ceci : « *La planète Neptune, n'eût-elle ja-*
mais été vue, devrait être affirmée. Fût-elle
un astre purement fictif, la concevoir
serait rendre un grand service à l'astrono-
mie, car seule elle permet de mettre de l'or-

dre dans des perturbations jusqu'alors inexplicables. » De même les vices de mes adversaires, fussent-ils fictifs, me permettent de relier, sans trente-six subtilités de psychologue, un grand nombre de leurs actes fâcheux ; c'est une conception qui explique d'une manière très heureuse la réprobation et l'animosité qu'ils doivent en effet inspirer, quoique pour des raisons un peu plus compliquées. En combattant leurs vices imaginaires, vous triomphez de leurs défauts réels. Pour ce procédé je m'en rapporterai à un maître que vous goûtez certainement : personne n'a vu la figure du ferment rabique ; personne n'a constaté expressément son existence, et Pasteur guérit de la rage en cultivant ce microbe hypothétique, peut-être absolument fictif.

Martin qu'offensait ma logique coupa court en souhaitant du moins que je n'aboutisse pas à une désillusion trop pénible.

— Je n'ai guère l'angoisse du résultat, lui répondis-je. Quand on s'est institué un fort dédain du jugement des hommes et du but poursuivi, peu importe, hors que nous mourrons un jour. J'ai une vision si nette de ce que valent les choses, sitôt possédées, et des moyens de les acquérir, que la seule mesure de mon sentiment à leur égard tient en ceci que ce sont toujours ma compagnie et mon occupation du moment que je juge les plus misérables.

La conclusion paraîtra sèche pour ce pauvre adversaire qui, dans mes instants de loisir, m'amusait pourtant comme une petite oie vaniteuse et sans bonté. Mais quoi ! de fois

à autre ne faut-il pas déblayer un peu toute
cette racaille où nous commet la vie active !
C'était d'ailleurs exprimer à Martin de pro-
fitables vérités. Je dois à quelque habitude
d'analyser le sens des mots le privilège de
ne pas assujettir mes idées à la phraséologie
familière.

Beaucoup de personnes, par l'usage quo-
tidien de certains termes, « haine, rancune,
regrets, désirs, » sont tentées de croire
à la réalité de ces sentiments en elles Pour
moi, je vois que les événements n'éveillent
guère sur mon moral d'impression plus variée
que la tuile qui me frôle en tombant ; je note
pour l'éviter le toit d'où elle glissa, je me soi-
gne si elle m'a blessé ; en aucun cas, je ne
m'attarde à m'en faire une opinion sentimentale. Seulement j'ai à l'égard des tuiles

possibles une continuelle méfiance, à laquelle
je donne une allure de déférence. Un homme
fort distingué, employé d'une grande administration, disait : « Je salue les huissiers le
premier, pour être sûr qu'ils me salueront. »
— « Moi aussi », lui répondis-je. Comme je ne
suis employé d'aucune administration, il crut
que je ne l'avais pas écouté. Mais en réalité
que de fois je consulte des niais, simplement
pour éviter qu'ils me conseillent ou me dé-
sapprouvent !

Il faut opposer aux hommes une surface
lisse, leur livrer l'apparence de soi-même,
être absent. De qui donc a-t-on dit qu'il regardait tous les citoyens comme ses égaux,
ou pour mieux dire comme égaux entre eux,
ce qui fait qu'il plaisait assez naturellement
à la masse ?

Charles Martin était incapable de comprendre l'élévation morale, le parfait désintéressement de ces principes. C'était avec toute la fureur d'un sectaire, et même la réflexion d'un homme méthodique, qu'il se composait des préférences ! Par un mécanisme très fréquent, ses convictions d'ailleurs s'accordaient toujours avec ses intérêts. Il eût été incapable de trouver des torts à celui qu'il aimait. C'est par là qu'il arrivait à joindre l'agrément de relations douteuses à la satisfaction de s'élever contre les mauvaises fréquentations. J'en avais un piquant exemple sous les yeux. La biographie de Bérénice, pour qui il avait une passion sensuelle, naturellement voilée sous l'intérêt le plus élevé, le gênant fort, il la concevait comme l'histoire d'un jeune homme

14

de grande famille que les siens avaient brutalement empêché d'épouser cette jeune fille. Version qui avait un instant étonné mon amie, puis très vite lui avait paru la vérité, tant nous sommes tous conduits à modifier les faits d'après nos sentiments.

DÉFAILLANCE SINGULIÈRE DE BÉRÉNICE

Je touche ici un point délicat de la vie de Petite-Secousse. La présence auprès d'elle de Bougie-Rose, jolie fille un peu lourde, m'avait souvent étonné. « Ces deux personnes, me disais-je, n'ont guère de point de contact car Bérénice a naturellement une sentimentalité très fine. Se plairaient-elles par quelqu'autre côté que le sentimental? »

Des allures très molles de Bougie-Rose, un fin sourire de mon amie éveillèrent ma perspicacité.

Je confessai Bérénice; elle me répondit avec une aisance, bien éloignée de l'effronterie et mêlée de douceur, qui me toucha d'une sensualité un peu malsaine. Je pus me convaincre que les images plaisantes et libres, tous ces jeux de la passion dont elle avait nourri ses yeux de petite fille, dans le musée du roi René, lui avaient donné une opinion fort différente de celle que nous nous faisons pour l'ordinaire des rapports de la sensualité et de l'amour. Son esprit ne s'était pas plié à établir entre ces deux formes de notre sensibilité les attaches étroites qui font que pour nous l'une ne va guère sans l'autre.

Et pour achever de vous dévoiler la pensée de Bérénice, telle que je la surpris dans des entretiens d'un charme inexprimable, j'ai lieu de croire que ce vice naquit chez mon amie d'une extrême délicatesse : jeune et ardente, désœuvrée et solitaire, elle n'au-

rait pourtant pas voulu tromper M. de
Transe ; elle crut lui garder son amour,
jusque dans les cheveux démêlés de sa molle
amie.

Du point de vue de la raison froide, peut-
être Bérénice a-t-elle raison. L'amour n'a
pas grand'chose à voir avec les gestes sen-
suels. Une femme parfaite se choisirait un
amant plein d'ardeur dans l'élite de la cava-
lerie française et, pour l'aimer d'amour, un
prêtre austère, comme notre divin Lacor-
daire, dont le seul regard la pénétrera plus
qu'aucune caresse dans aucun lit. Ces réflexions pourtant ne me satisfaisaient guère à
cause du caractère peu harmonieux de cette
défaillance de Bérénice.

Comment, me disais-je, ce petit animal, de
qui le mérite est d'être instinctif, se laisse-t-il

aller. à. ces déviations? Quand elle s'aban-
donne, ne voit-elle pas les détails fâcheux
de sa chute : Bougie-Rose, sans doute, a un
tact naturel assez développé et puis elle-
même ferme les yeux. N'empêche qu'un jour,
dans une de nos promenades, je me laissai
aller à lui vanter avec amertume les délicates
amours des plantes.

Peut-être avais-je trop lourdement appuyé.
Elle m'écouta avec surprise, puis, dans une
pénible confusion, ses yeux se remplirent
de larmes. Si touchante, en ce moment,
si confiante toujours, elle m'attendrit,
me fit rougir de ma sotte enquête ; et quand
mes soupçons auraient quelque justesse,
mon indignation n'était-elle pas faite,
pour une part, de froissements person-
nels?

Je pris sa main émue dans ma main et lui dis :

— Petite fille, vous êtes pour moi une chère fontaine de vie. Ce serait d'un homme grossier de réfléchir sur les inconvénients des diverses attitudes que notre condition d'homme nous contraint à prendre. Croyez bien que je n'ai pas cette médiocrité d'arrêter mon imagination sur les complaisances auxquelles vous engagent peut-être ces sens et cette beauté charnelle que vous reçûtes de vos aïeux. Si je m'inquiétai, c'est uniquement par piété pour M. de Transe. Après réflexion, il me semble bien que vous avez sauvé le meilleur de ce que vous lui donniez. Sans doute, aujourd'hui comme toujours, vous avez été la plus sage en faisant la part du feu. Et même s'il vous arrive de priver celui qui est dans le cercueil d'une de vos pensées, qui sont maintenant tout ce qu'il peut attendre de vous, si quelque tendre erreur un jour humilie votre vertu, rassurez-vous : la puissance surabondante de l'amitié que je lui voue et des sacrifices que je lui fais, en ne demandant rien de votre beauté, s'appliquera à l'expiation de vos péchés.

Elle m'embrassa, et c'est ainsi que fut clos cet entretien.

Dans la soirée, Bérénice, qui est toute faite d'esprit de finesse et de douceur, crayonna un petit dessin, comme elle a coutume, tandis que je lui développe mes théories, puis me le tendit : c'était elle-même et une jeune femme, au-dessous de qui elle avait écrit « Bougie-Rose », pour qu'on ne pût s'y

tromper, et cette légende, légèrement modifiée, de la divine parabole : « Marthe,
vous vous embarrassez de soins superflus ;
Philippe a choisi la meilleure part. »

J'admirai que cette petite fille cachât une
malice si gracieuse derrière sa physionomie.
Cette misère la mit dans mon imagination
plus près encore de la nature, et la grâce
avec laquelle elle s'en expliqua transforma
en sympathie un peu triste la répugnance
que j'avais de sa défaillance.

« O ma beauté, disais-je, je vous remer-
cie de ce que vous avez daigné être im-
parfaite, en sorte qu'il me restât quelque
embellissement à apporter à votre édifice. »
Dans la suite je dus reconnaître que le sentiment exprimé sous forme séduisante dans
cette phrase était gros des plus lourdes

erreurs. C'est là que je rapporte l'origine des funestes manœuvres que j'allais tenter contre l'instinct, sous prétexte de faire rentrer Bérénice dans la sagesse vitale.

Ainsi, l'un et l'autre, nous avions nos défaillances et nos chagrins, et quoique sachant nous en faire des images supportables, nous étions loin de la pleine satisfaction de l'adversaire, à qui nul homme ni événement ne rivera jamais son clou.

Ma Bérénice, en me devenant suspecte, et mon contact perpétuel avec les hommes me mettaient dans un état assez particulier de tristesse nerveuse. Peut-être la fièvre qui monte des étangs d'Aigues-Mortes aux approches du printemps put-elle y contribuer. J'avais un désir âpre et indéfini de solitude ; j'aurais voulu rêver seul en face de

ma pensée. Une dépêche qui sonne à ma
porte, mon courrier à dépouiller me faisaient
d'absurdes battements de cœur. Jamais je
n'eus à un degré aussi intense l'ennui de
faire de nouvelles connaissances, la fatigue
de leur donner une image de moi-même conforme à leur tempérament, et tout l'écœure-
ment de leur entendre exposer les prin-
cipales anecdotes de leur existence avec
la description de leur caractère. Mon réveil
du matin, dans ces journées écrasées de me-
nues besognes, était déjà troublé : n'ai-je pas
entendu, me disais-je, un visiteur dans l'escalier ?

Pour réagir contre cet état nerveux, il
n'est qu'un remède, empirique mais vraiment pas mauvais : dans les plus fortes
angoisses de la vie de société et surtout dans

les réveils de nuit, se raidir et prononcer une phrase, un raisonnement préparés à l'avance. Cela peut surprendre, mais ces angoisses sont le résultat d'une force qui tourbillonne en nous (souvent un afflux de sang au cerveau). Il s'agit de l'utiliser, cette force ; il faut ordonner un cerveau désordonné.

Deux ou trois fois, dans notre énervement, Bérénice et moi nous dûmes convenir que nous augmentions notre malaise. Elle surtout, dans ce mélange malsain de sa tristesse et de mes inquiétudes, était prise de vertige, et l'adversaire, visiteur plus rude, accueilli avec moins d'amitié et de confiance que moi, reposait pourtant l'enfant brisée.

CHAPITRE DIXIÈME

LA MORT D'UN SÉNATEUR REND POSSIBLE LE MARIAGE DE BÉRÉNICE

Vers cette époque survint une grande modification dans la vie de Petite-Secousse. Elle fut mandée à Aix, chef-lieu de l'arrondissement où elle avait grandi. Près de mourir, le sénateur opportuniste du lieu voulait l'embrasser, et il lui déclara qu'il la tenait pour sa fille.

La mère de Bérénice en effet semble avoir été ce qu'on nomme un peu légèrement une drôlesse ; du moins parmi ses excès avait-elle gardé le sens de la maternité et beaucoup de clairvoyance, car s'étant préoccupée de choi-

sir un bon papa pour sa petite fille, elle désigna entre ses amants un collectionneur qui
peu après fut envoyé au Sénat par ses conci-
toyens. C'était un galant homme; comme
nous l'avons dit, il nomma le mari de sa
maîtresse gardien du musée du roi René,
choix excellent, puisque Bérénice s'y fit l'âme
qui nous plaît.

A ses derniers moments, ce sénateur s'in-
quiéta d'avoir négligé sa fille; et quand
elle fut à son chevet, il lui adressa un petit
discours, sous lequel il eut la satisfaction de
la voir pleurer. Toute agonie remettait devant les yeux de Bérénice la tendre image
de M. de Transe :

« Votre mère, lui dit-il, est en quelque
sorte la première qui m'ait appelé à représenter mes compatriotes. Elle m'a désigné

comme votre père, quand d'excellents citoyens
pouvaient également prétendre à cet honneur.
Mon notaire, qui sur ma prière a pris des renseignements, me dit que vous hésitez entre le
candidat boulangiste et celui des saines doctrines. Sans vouloir faire de pression, je
vous engage à réfléchir et à préférer M. Charles Martin, de qui je suis en mesure de vous
dire qu'on fait grand cas dans les bureaux. »

Peu après il mourut, léguant à Bérénice
cent mille francs, et la situation de mon amie
se trouva excellente, car on crut la somme
plus forte ; puis elle avait donné des gages à
tous les partis, en sorte que l'opinion lui
fut favorable.

A cette époque, ma situation à Arles me
préoccupait fort. Trop bonne pour être aban-

donnée, elle n'était pas telle que j'en eusse
de la sécurité. Je ne pouvais me dissimuler ce
que j'avais à redouter de la candidature projetée de Charles Martin.

Ainsi mes intérêts électoraux, la tristesse de
Bérénice qui tout de même se sentait très
seule, mon désarroi de ses mœurs secrètes,
une insensible satiété qui me gagnait de
nos pédagogies, tout concourait à me faire
accepter un mariage que la dot de la jeune
femme et la sensualité de Charles Martin
rendaient possible.

Elle n'eût pas recherché cette union, je
doute même qu'elle l'eût jamais envisagée,
mais chaque jour l'en rapprochait, tant les
conversations avec son notaire sur le place-
ment de ses capitaux lui révélaient de diffi-
cultés où elle se perdait. Puis quel préjugé

ne coure pas chez nous tous en faveur de l'état de mariage !

Je fus amené à lui en donner mon avis.

... Cette journée-là fut très triste. Nous avions parcouru en voiture les rues de Nîmes qui, la Maison Carrée exceptée, ne m'offre aucun agrément. Elle tenait ma main dans sa main, et ce geste est peut-être le plus touchant qu'elle ait jamais eu avec moi. En toutes circonstances, ce qu'il y avait là d'un peu femme de chambre m'eût choqué, mais j'y sentais à cet instant comme le regard d'une pauvre petite bête à qui l'on fait du mal et qui déclare : « Je l'accepte parce que tu es le plus fort, mais si tu m'aimes bien, ne me fais pas trop souffrir. » J'aurais voulu trouver des mots d'une extrême douceur

pour lui exprimer ma pensée. Mais obsédé
par la nécessité de faire rentrer cette petite
fille dans les voies de l'instinct, je ne savais
que lui répéter :

— « Je te regretterai, ma petite amie, je
regretterai le délicieux état d'âme que tu me
manifestais, mais je t'engage tout à fait à
épouser Charles Martin. »

Et nous eûmes un long dialogue sur la
convenance de ce mariage, que j'appuyai
par des considérations tirées, comme on
pense, de ses défaillances actuelles, et même
des chagrins qu'elle avait connus.

Je lui rappelais ce qu'elle m'avait dit souvent et qui peut se traduire ainsi : « J'ai
toujours eu un violent désir d'être admirée
et de plaire, et une violente souffrance
de la brutalité qu'il y avait au fond de ceux

qui profitaient de ma beauté. » Souvent, dans dans ses voyages à Arles, elle s'était offensée que des hommes mal vêtus ou des sots congestionnés se permissent de la regarder avec un appétit méridional.

— Je t'apprécie, mon amie, continuais-je, pour ta douleur et pour ta misérable vie. En te conseillant une nouvelle existence, je fais donc un sacrifice ; je me prive du charme que sont pour moi ta tristesse, ton sourire et ta pâle maison pleine de ton cœur ardent.

Elle me répondit qu'à quitter tout cela elle ne trouverait pas le bonheur, et qu'elle le ferait seulement pour me plaire davantage.

J'en fus ému au point de compromettre ma thèse :

— Ma chère petite, ne rougis pas des malheurs qui t'ont offensée ; crois bien que mon

amour s'envenimait de ton chagrin habituel.
Et même, saurais-je t'aimer si tu devenais
joyeuse sans fièvre et simplement heureuse ?

Il me sembla que cette dernière phrase
redoublait sa tristesse et qu'en voulant écar-
ter tout froissement de cette petite amie, je
n'avais fait que gêner plus étroitement son
cœur. J'essayai de revenir sur ma pensée :

— Mais pourquoi, heureuse dans une vie
sans singularité, serais-tu moins belle ? Peut-
être, en y réfléchissant, les circonstances mo-
mentanées n'ont-elles que peu de part dans
ton charme : ce qui vaut le plus en toi, c'est
la longue préparation inconsciente que te
firent tes aïeux : tu es macérée de douceur, la
qualité religieuse de ton cœur est exquise.

Bérénice se tut, elle pensait à celui qui est
dans le cercueil. Et ne pouvant éviter de tou-

cher ce point, le plus délicat de tous, je lui dis :

— En vérité, ma chère Bérénice, M. de Transe lui-même porterait votre âme à la douceur. Gardez de lui dorénavant un souvenir plus modeste et gardez-moi aussi quelque amitié.

— Peux-tu croire, me dit-elle, que je t'oublie jamais ?

Son accent passait infiniment ses paroles. Et après un silence je lui répondis :

— Bérénice, je sens combien tu es aimable, et c'est parce que j'en ai un sentiment aussi vif que je décline la volupté si tentante d'associer nos vies. Je ne puis tolérer la façon dont je serais assuré de te voir délaissée à mes côtés. Si je te faisais l'existence que je te rêve, je te pousserais l'âme plus au noble encore et la remplirais du culte de M. de Transe ; je te conduirais dans un cloître pour y connaître une exaltation délicieuse. Mais je crois que tu aurais des regrets plus tard. C'est pourquoi, petite fille, malgré tout il vaut mieux que tu épouses.

Pendant cette conversation, nous étions arrivés à la gare, j'avais pris mon billet et faisais enregistrer mes bagages. Quand je fus monté dans mon vagon : « Je suis seule au monde, me dit-elle, et personne ne m'aime. »

Je faillis redescendre sur le quai, ne pas rentrer à Arles ce soir-là. Mais quelle solution à cette aventure ? Je voyais bien qu'au fond elle ne m'aimait pas, mais avait seulement de la confiance en moi et détestait sa solitude. Je sentais d'autre part que je ne goûtais en elle que sa douleur sans défense, et que, gaie et satisfaite, elle m'eût été une compagne intolérable.

Le train s'éloigna, et je la vis, petite chose résignée, évoluer à travers les gros colis vers la sortie de la gare. Certes j'avais du désagrément sentimental, mais surtout je ressentais avec une vive indignation qu'une fille de dix-huit ans eût le cœur serré et des larmes sur les joues.

Et j'allai à mes besognes, plein d'un découragement qui n'a pas de nom et rempli d'une pitié à sacrifier bien des satisfactions pour obtenir un peu d'oubli et d'apaisement à ma chère Petite-Secousse et à tous ceux qui sanglotent dans la nuit.

Je me la représentais avec certitude, telle que je l'ai vue si souvent quand elle se sentait tout à fait misérable : roulée en boule sur son

lit, où son chien avait coutume de sommeiller,
et pleurant la figure cachée contre cet animal,
dont la chaleur peu à peu l'assoupissait.

CHAPITRE ONZIÈME

QUALIS ARTIFEX PEREO

VOYAGE AUX SAINTES-MARIES. — CONSOLATION DE SÉNÈQUE LE
PHILOSOPHE A LAZARE LE RESSUSCITÉ

Le mariage se fit, et la nouvelle m'en surprit en juin, au plus fort de mes efforts électoraux. Elle assurait à peu près mon succès, car Bérénice ne permettrait pas à son amant heureux de me combattre. Mais contre ma raison j'en ressentis du chagrin.

Je cessai toute assiduité auprès de Bérénice : l'Adversaire eût pu s'en offenser, et désormais que dire à mon amie ? Elle-même ne vînt plus à Arles. On me dit qu'elle était souffrante. Mai, juin, juillet passèrent en

besognes de candidat, et j'eus d'Aigues-Mortes, à de rares intervalles, les plus fâcheuses
nouvelles.

Une seule fois, à l'improviste, je les ren-
contrai dans Arles, elle marchait avec de gra-
cieuses précautions de jeune animal sur les
durs cailloux de ces rues antiques. J'entendis mon cœur sauter dans ma poitrine. Son
sourire me parut éclatant de domination ;
son visage lumineux, éclairé par ses yeux
et par sa pâleur même, prit un air d'impériosité voluptueuse dont je fus accablé.

Cet instant-là m'aide à comprendre ce
qu'on dit de la beauté éclatante et transpa-
rente des Vierges qui apparaissent à des
jeunes dévots passionnés.

Mais le phénomène tout à fait curieux,
c'est qu'elle, Petite-Secousse, que j'avais eue

dans mon lit, pour ainsi dire, et de qui je m'étais fort amusé, me fit connaître à cet instant le sentiment respectueux de l'amant pour la femme d'un autre, pour la femme toute de dignité qu'il ne peut ni veut imaginer en linge de nuit.

Je l'aurais honorée et servie; je ne pensais plus à la désirer. Tant de tristesses accumulées en moi durant ces derniers soirs se groupèrent soudain autour de sa figure et me firent une image singulièrement ennoblie de cette petite dont j'avais eu satiété.

Lui, avec la figure dure et bête qu'ils ont toujours, elle, triomphante de bonheur, sans qu'elle daignât même être méchante, ils me gênèrent au point que je ne les abordai pas. Deux jours après j'adoptais un chien égaré qui me fêtait humblement vers les minuit dans la rue, et l'ayant rentré chez moi je le caressais quoiqu'il fût sale, en songeant que je lui étais supérieur, à elle, dans l'organisation du monde, car j'avais agi avec douceur envers un être qui avait de beaux yeux et de la tristesse.

Ce n'est là qu'une impression vite atténuée, contredite par dix autres, mais, pour marquer la situation et ses progrès, je note chaque forme de ma défaillance, ma fièvre ne s'y jouât-elle qu'une minute.

· A l'ordinaire, pour fatiguer mon ennui, je me donnais à mes amis politiques et visitais ma circonscription.

Tous les matins, je sortais d'Arles et ma voiture m'emportait sur la grand'route, à travers la Camargue, dont la lente solitude m'enchantait, car par mille imaginations un peu subtiles j'y trouvais des témoignages sur mes propres dispositions :

N'avais-je pas laissé derrière moi ce trésor accroupi de Saint-Trophime, comme j'ai laissé Bérénice qui est mon autel et mon cloître ? Dans cette Carmague, n'y a-t-il pas, comme en moi, la grande voie publique avec quelques cultures sur les côtés, et que je franchisse le fossé, je tombe dans l'anonyme de la nature. Dans ce désert, nulle place pour une vie individuelle : le vent, la mer et le sable y communient, n'y créent rien, mais se contentent de prouver avec intensité leur existence. Ils éveillent la mélancolie qui est, elle aussi, une grande force sans particularisation. Là, les pensées individuelles se perdent dans le sentiment de l'éternel, de

l'universel, les arbres y sont tendus, ina-
chevés ; seules fixent l'attention quelques
poignées de noirs cyprès, regrets sans mémoire, au milieu d'une lèpre de mousse et
de baguettes.

Un jour, après six heures de voiture, par
la route la plus malheureuse de cette région
désolée, j'arrivai au plus triste village du
monde, aux Saintes-Maries. C'est moins une
église qu'une brutale forteresse aux murs
plats, enfermant un puits profond ; dans le
clocher, à la hauteur du toit, est une chambre
Louis XV, décorée de boiseries or et blanc,
remplie de misérables ex-voto ; c'est la chapelle, peu convenable, des graves saintes
Maries.

J'allai sur la plage, coupée de tristes dunes,
chercher l'endroit où débarquèrent ceux de

Béthanie, qui furent les familiers de Jésus. C'était Lazare le ressuscité, le vieux Trophime, Marthe et Marie, la voluptueuse Madeleine, de qui la brise de la mer ne put dissiper les parfums. Mais celle que je fais la plus belle dans mon imagination, c'est sainte Sara, qui servait les Notre-Dame dans la barque et qui est la patronne des Bohémiens. Plus mystérieuse que toutes dans sa volontaire humiliation, elle reporta ma pensée vers ma Bérénice, vers cette petite bohême à peine digne de délier les souliers des vierges ou des belles repenties, qui semble avoir été désignée pour m'apporter la bonne doctrine.

C'est sur ce rivage, misérable mais sacré pour qui n'a rien dans l'âme qu'il ne doive à ces obscurs passionnés d'où naquit notre

16

christianisme, c'est sur cette plage dont la légende m'étouffait de sa force d'expansion que je plaignis ma Bérénice d'être une vivante et d'obéir à des passions individuelles. Sans doute, elle a fermé les yeux, mais fasse le ciel qu'elle ait perdu tout esprit, qu'elle soit devenue entre ses bras une petite brute sans clairvoyance ni réflexion, en sorte qu'elle ne soit pas à lui, mais à l'instinct et à la race, — et cela, je puis le croire, d'après ce que j'entrevois de son tempérament.

Quand je remontai dans ma voiture, fatigué par de telles méditations mêlées à ma propagande de candidat, et légèrement fiévreux, un orage tombait sur la Crau. On leva les vitres, sur le devant de la capote, qui me firent durant six heures une prison étroite où le vent qui écorche ces plaines

jetait et écrasait la pluie. Les chevaux, sur-
excités par la tempête et leur cocher, filaient
avec une extrême rapidité ; de fatigue, de rêverie intense, je m'endormis, d'un sommeil que
je dominais pourtant et qui ne m'empêchait
guère de suivre mon idée. État qui n'est pas
de rêve, mais plutôt l'engourdissement de
notre individu, hors une part qui veille et
bénéficie de toute la force de l'être.

Sur ce premier campement de l'église de
France, je venais de servir les doctrines
sociales qui me séduisent, en même temps
que je rêvais de Lazare le ressuscité, et,
tous ces soins se mêlant dans mon sommeil
lucide, je réfléchis qu'il avait fait, celui-là, la
même traversée que j'entreprends maintenant, en sorte que je lui prêtais quelques-
unes de mes idées ; et j'en vins à resserrer

tout ce brouillard dans la lettre suivante, qui n'est que mon dialogue intérieur mis au point.

CONSOLATION DE SÉNÈQUE LE PHILOSOPHE A LAZARE
LE RESSUSCITÉ.

« Mon cher Lazare,

« Aux dernières fêtes de Néron, votre air soucieux a été remarqué. Je sais que des personnes de votre famille désirent vous entraîner sur les côtes de la Gaule, où elles comptent prendre une attitude insigne dans le nouveau mouvement d'esprit. La détermination est grave.

« Vous ne m'avez pas caché le culte que vous gardez à la mémoire de votre malheureux ami, et d'après sa biographie que vous m'avez communiquée, je me rends parfaitement compte qu'il dut avoir beaucoup d'autorité : il était complètement désintéressé,

puis il aimait les misérables, ce qui est divin.
Il m'eût un peu choqué par sa dureté envers
les puissants; en outre, je ne puis guère aimer ceux sur qui je n'ai pas de prise, ces amis
frottés d'huile qui me possèdent et que je ne
possède pas. Avec ces réserves, je comprends
que vous l'aimiez beaucoup, d'autant que
c'est pour vous une façon de monopole.
Vous avez en effet sur la plupart de ses fidèles
cette supériorité d'avoir été mêlé si intimement à sa vie qu'en l'exaltant c'est encore
vous que vous haussez.

« Vous le voyez, mon cher Lazare, je me
représente d'une façon très précise l'intéres-
sant état de votre âme à l'égard de Jésus :
vous l'aimez; la question est de savoir si
vous voulez conformer vos actes à votre
sentiment.

« Confesserez-vous que sa vie et sa doctrine
sont les meilleures qu'on ait vues ? Lui cher-
cherez-vous des disciples, ou vous contente-
rez-vous de le servir passionnément dans
votre sanctuaire intérieur ? Telle est la position exacte de votre débat. Il vous faut peser
si ce vous sera un mode de vie plus abon-
dant en voluptés de partir avec Mesdemoi-
selles vos sœurs pour être fanatique, en
Gaule, ou de demeurer à faire de l'ironie et
du dilettantisme avec Néron.

« Que vous restiez dans cette cour trop
cultivée, ou partiez vers des régions mal
civilisées, de vous à moi, dans l'un ou l'autre
cas, ça pourra mal finir, car les peuplades
de la Gaule seront excitées à vous mettre à
mort, à cause de votre obstination à leur

procurer le bonheur, et d'autre part Néron
est un dilettante si excessif que, vous goûtant
personnellement et sachant qu'on vous calom-
nie, il est fort capable de vous sacrifier,
tant il est peu disposé à plier ses actes
d'après ses idées, à protéger ceux qu'il ho-
nore et à appliquer la justice. Dans la
vie, les sentiers les plus divers mènent à des
culbutes qui se valent; en dépit de tous les
plans que nous concertons, les harmonies de
la nature se font selon un mécanisme et une
logique où nous ne pouvons influer. J'écarte
donc les dénouements qui sont irréformables
et je m'en tiens aux avantages divers de l'une
et l'autre attitude.

« Eh bien, il n'y a pas de doute, un fanatique
(c'est-à-dire un homme qui transporte ses passions intellectuelles dans sa vie) est mieux

accueilli par l'opinion publique que l'égotiste (homme qui réserve ses passions pour les jeux de sa chapelle intime).Les publicistes seront plus sévères à Néron qu'à Marthe, quoique très certainement cette dernière introduise dans le monde plus de maux que le premier, et que la part de responsabilité dans les malheurs qui naissent d'une mésentente idéologique soit plus lourde pour les victimes que pour les bourreaux. C'est que l'espèce humaine répugne à l'égotisme, elle veut vivre. Le fanatique représente toujours le premier mot d'un avenir, il met en circulation, plus ou moins déformées, les vertus qu'il a aperçues; l'égotiste au contraire garde tout pour lui, il est le dernier mot.

« Néron, mon cher Lazare, excusez-moi d'y insister, est un esprit infiniment plus large

que vos deux excellentes sœurs, mais il est
dans son genre le bout du monde; en lui les
idées entrent comme dans un cul-de-sac ;
Marthe et Marie sont deux portes sur l'avenir. Le sectaire est donc plus assuré, tout
pesé, de l'estime de l'humanité, puisqu'il la
sert. Il est un rail où elle glisse les provi-
sions qu'elle adresse aux races futures,
tandis que l'égotisme est une propriété
close.

« Une propriété close, c'est vrai ! mais où
nous nous cultivons et jouissons. L'égotiste
admet bien plus de formes de vie ; il possède
un grand nombre de passions ; il les renou-
velle fréquemment ; surtout il les épure de
mille vulgarités qui sont les conditions de la
vie active. De ces vulgarités inévitables,
n'avez-vous pas souffert quelquefois dans

l'entourage si généreux pourtant, si loyal, de vos excellentes sœurs ?

« Par moi-même ailleurs, j'avais d'excellentes raisons pour être fanatique ; cela eût été plus décent pour un philosophe. Des amis très honnêtes m'y engageaient fort. Mais la vie est trop courte ! Quand j'aurais, selon le système des sectaires, traduit ma passion dans une attitude contagieuse, ce qui d'ailleurs la déforme toujours, quel temps me serait resté pour acquérir de nouvelles passions ! D'ailleurs, il eût fallu conformer mes actes à mes idées. C'est le diable ! comme vous dites, vous autres chrétiens. Puisque, en ce monde, mon souci se limite à découvrir l'univers qui est en puissance en moi, et à le cultiver, qu'avais-je à me préoccuper de mes actes? Moi qui ne fais cas que du parfait désintéressement, j'ai accepté certaines faveurs qui vinrent à moi en dépit de ma pâleur et de ma frêle encolure; j'ai favorisé diverses fantaisies de Néron, et ces complaisances me nuisirent devant l'opinion. A tout cela, en vérité, je prêtais fort peu d'intérêt; je n'ai jamais suivi que mon rêve intérieur. Dans mes magnifiques jardins et palais, je vantais le détachement; j'en étais en effet détaché, j'étais sincère. Le comprendrez-vous, Lazare, ce luxe m'excitant infiniment à aimer la pauvreté? Avez-vous jamais mieux goûté la pudeur que dans les bras de Marie-Madeleine?

« J'entre dans ces détails intimes pour vous prouver combien j'ai toujours été éloigné de cette décision où vous penchez. Ah! ce n'est pas moi qui pensai jamais à suivre la

voie sans horizon et si dure des sectaires.
Et pourtant vous en dissuaderai-je? Suis-je
arrivé au bonheur, en ne me refusant à aucun
des sentiers qui me le promettaient? Suis-je
parvenu à recréer l'harmonie de l'univers?

« J'ai voulu ne rien nier, être comme la
nature qui accepte tous les contrastes pour
en faire une noble et féconde unité. J'avais
compté sans ma condition d'homme. Impossible d'avoir plusieurs passions à la fois.
J'ai senti jusqu'au plus profond découragement le malheur de notre sensibilité qui est
d'être successive et fragmentaire, en sorte
que, ayant connu infiniment plus de passions
que le sectaire, je n'en ai jamais possédé
qu'une ou deux tout au plus à la fois. C'est
dans cette idée que Néron me demandant,
il y a peu, de lui composer un mot philoso-

phique qu'il pût prononcer avant de mourir,
je lui ai conseillé : « *Qualis artifex pereo !* »

« Quel artiste, quel fabricant d'émotions
je tue! » En vérité, voilà-t-il pas une excla-
mation qu'il pourrait jeter avec à-propos à
toutes les heures de la vie? J'ai acquis une
vision si nette de la transformation perpétuelle de l'univers que, pour moi, la mort
n'est pas cette crise unique qu'elle paraît au
commun. Elle est étroitement liée à l'idée de
vie nouvelle, et comme son image est mêlée
à tous les plaisirs de Néron, elle est mêlée à
toutes mes analyses. La mort est la prise de
possession d'un état nouveau. C'est quitter,
mais c'est en même temps un acte d'amour à
quelque chose d'inconnu. Oui, à chaque fois
que je sens quelque chose naître en moi, je
puis m'écrier : « Quelque chose vient de

mourir en moi ! » Toute nuance nouvelle que prend notre âme implique nécessairement une nuance qui s'efface. La sensation d'aujourd'hui se substitue à la sensation précédente. Un état de conscience ne peut naître en nous que par la mort de l'individu que nous étions hier. A chaque fois que nous renouvelons notre moi, c'est une part de nous que nous sacrifions, et nous pouvons nous écrier : *qualis artifex pereo !*

« Cette mort perpétuelle, ce manque de continuité de nos émotions, voilà ce qui désole l'égotiste et marque l'échec de sa prétention. Notre âme est terrain trop limité pour y faire fleurir dans une même saison tout l'univers. Réduits à la traiter par des cultures successives, nous la verrons toujours fragmentaire.

« J'ai donc senti, mon cher Lazare, et jusqu'à l'angoisse, les entraves décisives de ma
méthode ; aussi j'eus été fanatique, si j'avais
su de quoi le devenir. Après quelques années
de la plus intense culture intérieure, j'ai
rêvé de sortir des volontés particulières pour
me confondre dans les volontés générales.
Au lieu de m'individuer, j'eus été ravi de me
plonger dans le courant de mon époque.
Seulement il n'y en avait pas. J'aurais voulu
me plonger dans l'inconscient, mais, dans le
monde où je vivais, tout inconscient semblait
avoir disparu.

« Voici, au contraire, que vous survenez
dans des circonstances où ce rêve devient
aisé, et il semble bien que vous soyez sur le
point de le réaliser, puisque, ayant ressenti
à la cour de Néron des inquiétudes analogues

aux miennes, vous méd'tez de vous mettre de propos délibéré au service de la religion nouvelle. Malheureusement, mon cher Lazare, j'y vois un obstacle, qui, pour se présenter chez vous avec une forme singulière, n'en est pas moins commun à bien des hommes.

« Quand vous me parliez des curieux incidents de votre pays de Judée, vous ne m'avez rien célé du rôle important que vous y avez joué ; le merveilleux agitateur vous a ressuscité. Vous êtes Lazare le Revenu. En conséquence, quoique vous ayez observé toujours la plus grande discrétion sur cette anecdote désormais historique, il est évident que vous êtes renseigné sur le problème de l'au-delà. Si vous balancez comme je vois, c'est que la vérité ne s'en impose pas, d'après ce que vous savez, d'une façon impérative. Dès lors, vous voilà

7

dans un état d'esprit qui, pour naître chez
vous de circonstances particulièrement piquantes, n'en est pas moins d'un ordre trop
fréquent : vous n'êtes pas le seul revenu.
Beaucoup, à cette époque, bien qu'ils ne soient
pas allés jusqu'au tombeau, ont comme vous
des lumières sur ce qui termine tout. Bien
qu'ils n'aient pas eu les pieds et les mains
liés avec les bandes funéraires, ils ne peuvent
se donner aux passions de leurs contempo-
rains. Leur sympathie est assez forte pour leur
faire illusion quelques instants sur des idées
généreuses, mais comme vous qui vîtes pousser les fleurs par les racines, ils constatent
que ce sont des songes sans racines sérieuses.
Ils ont de tristes lucidités, et après de courts en-
thousiasmes, analogues à ceux que vous com-
muniquent l'ardeur de Marthe et de Marie,

l'humilité de Sara, la beauté de Madeleine et la jeunesse du vieux Trophime, ils s'écrient, infortunés clairvoyants qui regrettent de ne pouvoir se tromper avec tout le monde : « *Qualis artifex pereo !* »

CHAPITRE DOUZIÈME

LA MORT TOUCHANTE DE BÉRÉNICE

Les élections nous réussirent. Sitôt élu, je quittai Arles et m'installai au Grau-le-Roi, où Bérénice, hélas! dépérissait auprès de l'adversaire. Celui-ci ne se déjugeait pas : il ne pensait rien que de sévère sur un succès qu'il n'avait pas prévu, mais il avait trop le goût de la hiérarchie pour ne point se figurer depuis le scrutin que nous étions liés par « une sympathie plus forte qu'aucune politique ».

Qui donc avait répandu sur mon amie cette tristesse dont je la vis défaillante au

Grau-le-Roi, dans les premiers jours d'octobre? « C'est la fièvre des étangs, » disait
Charles Martin, toujours enclin aux explications plausibles et médiocres. Ah! les étangs
jusqu'alors n'avaient donné que de beaux
rêves à la petite Bérénice ; jusqu'alors ses in-
somnies étaient enchantées de l'image de
M. de Transe, et dans ses pires délires elle
n'avait reçu de lui que les signes d'une tendre
amitié. Morne aujourd'hui pendant de longues heures, c'était une jeune adultère qui
désespère du pardon et répète avec égare-
ment: « Comment ai-je commis cela? » Jamais
elle ne se plaignit, mais ses mains diaphanes
m'avouaient tout et me reprochaient amère-
ment d'avoir poussé à cette union sans amour.

M'étais-je égaré sur ce que je croyais être
son instinct? Ce mariage de convenance, que

j'avais souhaité pour redresser la vie de
mon amie, allait-il donner à sa destinée l'ir-
réparable tournant ? L'extrême difficulté
qu'il y a d'interpréter la volonté de l'inconscient m'apparut avec une singulière netteté
durant ces dernières semaines, au cours des
longs silences de Bérénice, assise auprès de
moi en face de la mer mystérieuse.

A ma table de travail, je défaillais sous
ces intérêts refroidis qui encombrent un
nouvel élu ; ces querelles émoussées, ces
compliments, ces réclamations m'étaient une
chose de dégoût, comme l'idée fixe dans l'a-
némie cérébrale, ou, dans l'indigestion, le fu-
met des viandes qui la causèrent. Cette campagne avait amassé en moi trop d'ironies,
et la réussite me supprimait trop brutalement
le but dont j'avais vécu depuis huit mois ;

je n'avais plus d'impulsion à mon service.
Qualis artifex pereo! me répétais-je par ces
lentes matinées de loisir, vaguant de la vaste
mer à ces vastes espaces couverts des seules
digitales, et n'osant à chaque heure du jour
visiter Bérénice. Etendu sur la grève, je
m'abandonnais aux forces de la terre : il me
semblait que son contact, sa forte odeur, sa
belle santé me renouvelleraient mieux qu'aucun système. En dépit de mon âme hâtive,
je me sentais solidaire de cette terre d'Aigues-Mortes, faite des lentes activités du
sable et de l'Océan. Ne puis-je comparer le
développement de ce pays au mien propre?
Les modifications géologiques sont analogues
aux activités d'un être. Bérénice, qui sortit
de son instinct pour suivre mes conseils et
se marier, souffre comme souffrirait la

nature entière si elle était soumise à des
lois particulières. Dans mon orgueil de
raisonneur, j'ai traité mon amie comme
l'Adversaire traite le Rhône et sa vallée. En
échange de la révélation que m'a donnée de
l'inconscient cette fille incomparable, je n'ai
su que la faire pécher contre l'inconscient.

Sitôt que le crépuscule avait couvert
d'ombre ma table de travail, le visage amaigri
de la jeune malade m'apparaissait comme un
reproche. Accoudé à mon balcon, sur ce doux
canal du Grau-le-Roi qui va aboutissant à
la mer, j'entendais dans une rue voisine les
enfants, énervés de leur journée et trop
bruyants, se débattre contre les grandes personnes qui les rappelaient au logis. Pour moi,
j'attendais que huit heures sonnées me permissent d'aller auprès de Bérénice; la fièvre

l'empêchait de dormir, et je me consacrais à
amuser le plus possible son extrême faiblesse.

Quand il était si évident que cet être infiniment sensible ne souffrait que d'avoir
froissé les volontés mystérieuses de son instinct, Martin nous fatiguait de sa thérapeu-
tique matérialiste ; à l'entendre, je m'étonnais
qu'on pût valoir si peu en vivant dans une
telle société. Par ses seules définitions de
Bérénice, il me déformait la délicieuse image
que je m'étais composée d'elle d'après nos
pédagogies. Sa médiocrité me conduisit
même à cette réflexion que si Petite-Secousse
devait disparaître à son contact, il ne m'en
coûterait pas plus de soupirs qu'elle mourût
tout entière, car Petite-Secousse est la partie
de Bérénice que j'ai jugée digne de toutes
mes préférences.

Les choses allèrent plus vite qu'il n'eût été raisonnable de le prévoir. En trois jours, cela fut au point que je ne doutai pas de sa fin prochaine. Sa figure et ses mains, pâles comme les linges où elle repose, gardaient ce petit air secret que nous lui avons toujours vu, mais une expression plus lente éteignait ses yeux qui m'ont éclairé si rapidement l'ordre de l'univers.

Une extrême faiblesse l'accablait dans son lit, et moi de tenir sa main je me sentais plus fort. Bérénice va disparaître, pensai-je, mais je garde le meilleur d'elle-même. Je me suis approprié son sens de la vie, sa sou-mission à l'instinct, sa clairvoyance de la

nature; je suis la première étape de son
immortalité. O mon amie, ce séjour était
incertain pour toi, tu pouvais t'y abîmer;
mais en moi prospéreront tes vertus.

A cet instant ses yeux ayant rencontré mes
yeux, elle me souriait, mais quand son sourire s'effaça je me sentis tout bouleversé, car
je songeais à tout ce qu'il y a en elle de viager
et qu'avant l'aube prochaine peut-être je ne
verrais plus. Je baisai sa main, qui, sous la
chaleur de la fièvre, n'était plus déjà qu'un
léger ossement; et des larmes vinrent mouil-
ler ses yeux, tandis que je répétais hélas!
hélas!

Peut-être se sentait-elle trop de faiblesse pour parler, et, je n'avais d'elle que
ses doigts qui caressaient doucement ma
figure, mais je compris soudain avec épou-

vante qu'elle me regardait, pour me voir une
dernière fois. Depuis combien de temps
cette pensée en elle ? Ah ! ces regards où de
pauvres hommes et de pauvres bêtes nous
avouent le bout de leurs forces ! Regard
tendre et voilé de ma Bérénice qu'affligeait
la peur de la mort ! il me parut plus pitoyable
qu'aucun mot désolant qu'elle eût inventé
pour se plaindre. Je lui parlai des promenades que nous ferions encore dans la campagne, et elle se mit à pleurer sans répondre.

Je ne crois pas qu'elle ait eu de graves
souffrances physiques. La sœur qui l'as-
sistait, et à qui par délicatesse de femme elle
confiait toutes ses misères, m'a dit : « Si elle
a beaucoup souffert, c'est de quitter sa beauté,
ses souvenirs et toutes ses choses de sa
villa. » Elle eut un délire de petite fille, et

à moi, qu'elle avait fait asseoir au bord de son lit, cela paraissait si impossible que cette enfant participât d'un mystère sacré comme est la mort que je croyais parfois à un jeu de fiévreuse.

J'ai vu Bérénice mourir; j'ai senti les dernières palpitations de son cœur qui n'avait été ému que de l'image d'un mort. Elle était couchée sur le côté, comme ces pauvres bêtes dont elle eut toute sa vie une si grande pitié. Sans doute elle sentit la mort la posséder, car son visage gardait une terreur inexprimable. Et moi, je cherchais un moyen de lui témoigner la plus tendre sympathie, d'adoucir ce passage misérable; j'embrassais ces yeux où roulaient les derniers pleurs. Je les embrassais comme elle avait mille fois embrassé son bel âne, sans préoccupation de politesse ni de sensualité, simplement pour lui témoigner ma fraternité. Ces baisers-là, elle ne les connut point de sa vie, car elle éveillait la volupté. « Maintenant, lui disais-je, tu as fini ta tâche, tu atteins ta récompense, qui est la certitude, vérifiée sur ma tristesse à ton lit de mort, que j'eus pour toi un réel attachement. Tu ne crains plus désormais d'être méprisée par ceux à qui les circonstances ont composé une vie plus facile. »

Je lui ai fait la mort que j'ai toujours tenu pour la plus convenable, sans tapage, ni larmes, ni vaines démonstrations, mais un peu grave et silencieuse. Elle eut la mort d'un pauvre animal qui pour finir se met en boule dans un coin de la maison de son maître, mais d'un maître dont il est aimé.

Et pourtant, faire une bonne mort était-ce un rôle suffisant pour elle? Elle eût été précieuse surtout pour assister les autres à leur dernier moment, car elle savait sympathiser avec la nature dans ses plus tristes humiliations.

C'est vers les cinq heures qu'écartant les boucles de cheveux qui couvraient son front, je fermai les yeux de cette fille dont la sagesse eût mérité mieux que de marcher côte à côte avec mes inquiétudes raisonneuses. Dès lors, tout l'appareil des soins funéraires s'interposa entre moi et ce corps qui ne m'était plus qu'une chose étrangère. Je me retirai avec l'image que je gardais de cette véritable maîtresse, et je n'avais aucun courage.

CHAPITRE TREIZIÈME

PETITE-SECOUSSE N'EST PAS MORTE!

Les journées qui suivirent l'enterrement de Bérénice, je les donnai avec une ponctualité en quelque sorte machinale aux devoirs de mon nouvel état. Mais déjà il ne m'était plus qu'une passion refroidie, un casier de mon intelligence. Et ce pays aussi que j'avais dû orner de toutes mes émotions pour m'en faire un séjour utile, maintenant que j'allais le quitter n'avait plus pour mon âme d'impériosité.

C'était en moi et hors de moi un profond silence. Il me semblait que le monde et

18

mon moi se fussent figés. J'étais un bloc de
glace sur une mer qui l'étreint en se conge-
lant. Sur cette banquise lourde et monotone
que je composais avec l'univers, seule glissait
comme un nuage bas l'image de Petite-
Secousse. Image gelée, elle-même! De nos
causeries, je ne savais plus que ses longs
silences; de sa sensibilité, rien que ses
touchantes torpeurs, et de son corps élégant,
je ne revoyais aucun détail, mais seulement
j'étais rempli de cette tristesse que m'avait
donnée chacune de ses grâces quand je songeais qu'elles passeraient. De tant de gestes
par où elle me toucha, un seul m'obsède: c'est
quand, la veille de sa mort, ses yeux ren-
contrant mes yeux, elle pleura sans parler.

Ainsi passais-je des soirées, avant que le
Parlement fût convoqué, à m'attendrir sur

le triste sort de la jeune Bérénice qui
mourut d'avoir mis sa confiance en l'Adversaire.

Sitôt ma correspondance et autres besognes mises au net, de toutes les parties de
mon âme montait une sorte de vapeur qui
me voilait le monde extérieur. Sous cette
tente métaphysique, je demeurais très avant
dans la nuit à contempler la reine par qui me
fut révélée la vie inconsciente, et sa vue,
mieux qu'aucune encyclopédie, m'enseignait
les lois de l'univers. Même il m'arriva d'être
rappelé à la réalité par une douleur au
cœur ; alors je souriais de m'exalter à ce
point pour celle qui ne fut en somme qu'un
petit animal de femme assez touchante. Rien
au monde pourtant ne m'inspira plus vive
complaisance.

Une nuit, je ressentis avec une intensité toute particulière que la préoccupation dont je venais de vivre pendant huit mois était assouvie et qu'il m'en fallait une nouvelle. Or, la difficulté de me composer un nouveau moi se compliquait du regret de détruire celui que j'étais aujourd'hui. Le passage à un nouvel état d'âme suppose la mort du précédent. A chaque modification que nous nous donnons, nous pouvons dire : *qualis artifex pereo !* Auprès de la mer unisonante, je souffrais que ma vie fut une suite de sons sans harmonie. Pourquoi ne puis-je comme l'océan pousser la vague qui naît dans la voie de la vague qui meurt, et comme lui me donner la puissance et la paix? Ce problème qui n'est autre que de me trouver une loi, m'était si agréable ce soir-là, et si doux aussi le vent généreux qui soufflait du large, que je résolus d'aller, en mémoire de Bérénice, jusqu'au jardin d'Aigues-Mortes.

Il eût été plus hygiénique de gagner mon lit, mais l'idée des transformations de mon moi me présentait avec une grande force la convenance de jouir de mes sensations jour par jour. Puisque nous sommes la victime de morts successives, je refuse de sacrifier une satisfaction d'aujourd'hui au bien-être de celui que je serai dans quelques années. Ayant ainsi agrandi mon excursion par de hautes considérations, je fis les quatre kilomètres de bruyères et d'étangs qui séparent d'Aigues-Mortes le Grau-du-Roi.

La haie franchie de la villa de Rosemonde, je me retrouvai sur ce sable où nous avions passé tant d'heures, et où je venais sans doute

pour la dernière fois. Je revécus avec intensité le chemin que j'avais parcouru auprès de
Bérénice, et je sentais que, haussé par cette
étrange compagnie d'une année, j'embrassais
avec plus de force un plus grand horizon.

Cette nuit d'octobre était si chaude, ou
plutôt mon imagination si échauffée, que je
résolus, étant un peu las, d'attendre le matin
en me couchant sur des touffes de fleurs vio-
lemment parfumées. Dans mon état de nerfs,
ces arbres et toutes ces choses que je connaissais si bien faisaient se dresser devant moi, à
tous instants, des apparences fantastiques. La
masse des remparts, l'immensité de la plaine,
la voluptueuse désolation de ce petit jardin,
mon amour de l'âme des simples, ma soumission de raisonneur devant l'instinct, toutes ces
émotions que j'avais élaborées dans ce pays et

tout ce pittoresque dont il m'avait saisi dès le premier jour, se fondaient maintenant dans une forme harmonieuse. Et comme ils avaient été dans mon cerveau des mouvements coexistants et simultanés, ils cessaient sous ma fièvre plus forte d'être isolés pour composer un ensemble régulier. Beau jardin idéologique, tout animé de celle qui n'est plus, véritable jardin de Bérénice!

Au sens matériel du mot, je ne puis dire que Bérénice me soit apparue, mais jamais je ne sentis plus fortement sa présence que dans cette importante veillée où je résumai mon expérience d'Aigues-Mortes. C'est qu'aussi bien, depuis un an, j'ai resserré autour de Bérénice tous les mouvements de ma sensibilité. Telle que j'ai imaginé cette fille, elle est l'expression complète des conditions où s'épanouirait mon bonheur ; elle est le moi que je voudrais devenir. Or, pour une âme de qualité, il n'est qu'un dialogue, c'est celui que tiennent nos deux moi, le moi momentané que nous sommes et le moi idéal où nous nous efforçons. C'est en ce sens que j'ai vu Bérénice se lever de sa poussière funéraire. Pitoyable et fanée de péchés, elle avait un nimbe lumineux où s'éclairait ma conscience. Dans ces premiers violets de l'aube, je lui apportai ces mêmes sentiments d'humilité que d'autres connurent pour Isis qui les émouvait de son mystère et pour la Vierge tenant dans ses bras le Verbe fait petit enfant. Ma Bérénice, sous ses voiles de jeune élégante, possédait, elle aussi, les secrets de la nature, et pour apparaître en elle, la vérité, une fois encore, emprunta les balbutiements d'un être faible.

— Bérénice, lui disais-je, chacune de tes larmes a été pour moi plus précieuse qu'un raisonnement impeccable. Mais ce bénéfice ne survivra pas à ta mort.

— Mes larmes en coulant sur toi ont laissé là comme un signe particulier auquel les hommes reconnaîtront que tu as une part de l'âme d'une créature simple et bonne.

— Tu étais, ma Bérénice, le petit enfant sauveur. La sagesse de ton instinct dépassait toutes nos sagesses et ces petites idées où notre logique voudrait réduire la raison. Quand j'étais assis auprès de toi, dans ta villa, parfois tu partageais mes douloureux énervements ; par une contagion analogue, j'ai participé de ta force qui te fait marcher du même rythme que l'univers. Malheureux que je suis, j'y ai manqué le jour que j'ai voulu corriger ton instinct et par une double conséquence, en même temps que je préten- dais te perfectionner j'ai détruit l'appui que tu m'étais. Dès lors, que vais-je devenir ?

Bérénice me répondit :

— Il est vrai que tu fus un peu grossier en désirant substituer ta conception de l'harmo- nie à la logique de la nature. Quand tu me préféras épouse de Charles Martin plutôt que servante de mon instinct, tu tombas dans le travers de l'Adversaire qui voudrait substituer à nos marais pleins de belles fièvres quelque étang de carpes. Cesse pourtant de te tourmenter. Il n'est pas si facile que ta vanité le suppose de mal agir. Il est impro- bable que tu aies substitué tes intentions au mécanisme de la nature. Je suis demeuré identique à moi-même, sous une forme nouvelle ; je ne cessai pas d'être celle qui n'est pas satisfaite.

Cela seul est essentiel. Toi-même tu te désoles de ne pas avoir de continuité ; tu insistes sur ceci que toute augmentation de ton âme y suppose quelquechose qui s'anéantit. Dans cette succession où tu te désespères, quand comprendras-tu qu'une chose demeure qui seule importe, c'est que tu désires encore. Voilà le ressort de ton progrès, et tout le ressort de la nature. Je pleurais dans la solitude, mais peut-être allais-je me consoler : tu me poussas dans les bras de Charles Martin pour que j'y pleure encore. Dans ce raccourci d'une vie de petite fille sans mœurs, reconnais ton cœur et l'histoire de l'univers.

— Ah! Petite-Secousse, que tu étais fortifiante dans le triste jardin d'Aigues-Mortes!

— J'étais là; mais je suis partout. Reconnais en moi la petite secousse par où chaque parcelle du monde témoigne l'effort secret de l'inconscient; où je ne suis pas, c'est la mort; j'accompagne partout la vie. C'est moi que tu aimais en toi, avant même que tu me connusses, quand tu refusais de te façonner aux conditions de l'existence parmi les barbares; c'est pour atteindre le but où je t'invitais que tu voulus être un homme libre. Je suis dans tous cette part qui est froissée par le milieu. Mon frisson douloureux agite ceux-là mêmes qui sont le plus insolents de bonheur, et si tu observes avec clairvoyance, tu verras à t'attendrir sur eux ; l'attitude provocatrice de celui-ci cache mal sa faiblesse, à laquelle il voudrait échapper; la sécheresse que cet autre pousse jusqu'à la dureté, n'est qu'impuissance à s'épanouir; estime aussi les misérables : parfois il est en eux de telles secousses que c'est pour avoir tenté trop haut qu'ils glissent bas. Personne ne peut agir que selon la force que je mets en lui. Je suis l'élément unique, car, sous son apparence d'infinie variété, la nature est fort pauvre, et tant de mouvements qu'elle fait voir se réduisent à une petite secousse, propagée d'un passé illimité à un avenir illimité. Pour satisfaire ton besoin de simplification qui réclame de l'unité, comprends qu'il faut t'en tenir à prendre conscience de moi, de moi seule Petite-Secousse qui anime indifféremment toutes ces formes mouvantes, qualifiées d'erreurs ou de vérités par nos jugements à courte vue.

Alors je m'agenouillai et j'adorais Petite-Secousse.

Le jour approchait. Les cimes des rares arbres bleuissaient déjà de lumière. Ce soleil qui se lève sur ce pays, où Bérénice a rempli son apostolat, me sera-t-il une aube nouvelle?

J'entendis l'appel des animaux dans leur étable. Je n'eus pas de peine à leur ouvrir. Tous ces humbles amis de Bérénice me firent fête, suivant leur tempérament, et quoique les canards filassent du côté des étangs sans politesse, je ne me trompai pas sur leur misère et sur le contre-coup qu'ils supportaient eux aussi de notre perte commune. Je restai un long temps à serrer la tête de l'âne dans mes bras, à plonger mes yeux dans ses yeux. Mais comme il appar-

tient à une race longuement battue et que
d'autre part cette heure religieuse du levant n'était pour lui que l'instant de sa pâ-
ture, il faisait des efforts pour brouter. Ah !
me disais-je, comment gagner les âmes !

Petite-Secousse, je crois en vérité que tu
existes partout, mais il était plus aisé de
te constater dans le cœur d'un léger oiseau
de passage que de distinguer nettement
comment bat le cœur du peuple.

C'est après avoir réfléchi sur cette difficulté de gagner les âmes, de fraterniser avec
l'inconscient, que Philippe forma ce désir
dont il entretint Mme X..., d'obtenir du chef
de l'État la concession d'un hippodrome suburbain.

En effet, pour que les âmes s'épanouissent
avec sincérité, il leur faut ces loisirs qu'eut Bérénice, par exemple, et qu'elles ne soient pas
comme cet âne famélique distraites par l'âpre
souci de quelques trochées d'herbes. Les souffrances, les nécessités de la vie nous font
comme une gangue misérable où notre individualisme est opprimé. Que l'heureux
s'épanouisse, que nous saisissions avec aisance la direction particulière de sa vie, on
le conçoit. Mais les misérables! Pour qu'au-

près d'eux je profite, pour qu'ils s'entr'ouvrent et deviennent une fleur utile du jardin de Bérénice, soyons à même de les libérer; qu'ils cessent d'abord d'être des opprimés !

Et nous-même, d'autre part, pour échapper à la dissipation et à l'altération que nous subissons des contacts temporels, ne convient-il pas que nous nous réfugions comme dans un cloître dans une forte indépendance matérielle? Ce n'est qu'un expédient, mais sans cette indication ce *traité de la culture du moi* eut été incomplet. L'argent, voilà l'asile où des esprits soucieux de la vie intérieure pourront le mieux attendre qu'on organise quelque analogue aux ordres religieux qui, nés spontanément de la même oppression du moi que nous avons décrite dans *Sous l'Œil des Barbares*, furent l'endroit où s'élaborè-

19

rent jadis des règles pratiques pour devenir *un homme libre* et où se forma cette admirable vision du divin dans le monde, que, sous le nom plus moderne d'inconscient, Philippe retrouva dans le *Jardin de Bérénice*.

DEUX NOTES

1° A PROPOS DU TITRE

Ce volume — où se clôt la série commencée par *Sous l'œil des Barbares*— a été annoncé sous le titre *Qualis artifex pereo*, que l'auteur a cru devoir modifier, par convenance envers quelques amies qui se fussent peut-être embarrassées, le premier jour, de ce latin. Un ouvrage qui ne veut être qu'un acte d'humilité devant l'inconscient, manquerait trop grossièrement son but, s'il apportait la plus légère contrariété à des femmes.

Qualis artifex pereo! Pour nous qui ne

détestons pas certaines pédanteries qui ag-
gravent et enrichissent le débat, elle exprimait fort bien, cette formule, le désarroi de
celui qui constate ne pouvoir se donner un
moi nouveau qu'en tuant le moi de la
veille! Mais qu'elle eût paru lourde, cette
fleur de collège, entre les seins de ma Bérénice!

2° SUR LE CHAPITRE PREMIER

Si déplaisant qu'il soit d'alourdir d'un commentaire cette fantaisie d'idéologue, je ne puis supporter qu'on méconnaisse ici ma pensée, et je tiens à souligner que je fais intervenir MM. Renan et Chincholle comme deux exemplaires universellement connus de façons fort diverses de regarder et d'apprécier la vie. Ils me sont des facilités pour abréger et mouvementer les discussions abstraites. Faut-il redire que j'use de M. Renan selon la méthode que Platon employa avec Socrate ? Mais ce maître n'est pas mort, m'objectent quelques-uns. Il nous a mis du moins en possession de son héritage intellectuel; j'en use selon qu'il nous y autorisât, et de tout mon effort je le fais fructifier.

Un nom plus affiché encore est mêlé à cet ouvrage, et chacun comprendra que je ne puis l'écrire qu'avec un profond sentiment. Mais c'est à chacune de ces pages que je voudrais étendre le bénéfice de cette note; on ne manquera pas de me chicaner avec des interprétations littérales ou fragmentaires. Tout est vrai là-dedans, rien n'y est exact. Voilà les imaginations que je me faisais, tandis que les circonstances me pliaient à ceci et à cela. Gœthe, écrivant ses relations avec son époque, les intitule : *Réalité et Poésie.*

TABLE DES MATIÈRES

9413. — Poitiers, Imprimerie BLAIS, ROY et Cie, 7, rue Victor-Hugo